젊은 베르테르의 슬픔

젊은 베르테르의 슬픔

요한 볼프강 폰 괴테 | 김영룡 옮김

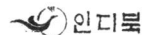인디북

가련한 베르테르의 이야기들 중에서 찾을 수 있었던 것들은 성심껏 수집해서 여러분들을 위해 이렇게 발간합니다. 이 점은 여러분들이 고맙게 여길 것이라고 생각합니다. 여러분들은 베르테르의 정신과 그의 성품에 경탄과 애정을, 그의 운명에는 눈물을 감출 수 없을 것입니다.

그리고 베르테르처럼 어떤 충동에 사로잡힌 그대 착한 영혼이여, 그의 고뇌에서 위안을 얻으시라. 그리고 만일 그대가 운명의 장난이나 자신의 허물로 인해 누구도 가까이에 없는 처지라면 이 작은 책자를 그대의 벗으로 삼아도 좋으리라.

Die Leiden

des

jungen Werthers.

Erster Theil.

Leipzig,
in der Weygandschen Buchhandlung.
1774.

『젊은 베르테르의 슬픔』의 초판본, 1774년

제 1 부

1771년 5월 4일

떠나올 수 있어서 얼마나 기쁜지! 나의 절친한 친구여, 사람의 마음이란 왜 이런가 싶네! 내가 그렇게도 사랑하는, 그리고 한시도 떨어질 수 없는 그대를 두고 떠나왔음에도 이렇게 즐거울 수 있다니 말일세. 이 점 그대는 용서하리라 믿네. 자네 이외의 딴 사람들과의 관계는 마치 나와 같은 인간의 마음을 괴롭히려고 운명이 찾아온 것만 같거든. 불쌍한 레오노레! 하지만 내 잘못이 아닐세. 내가 그녀의 여동생의 독특한 매력에 빠져 흐뭇한 즐거움을 느끼는 동안 레오노레의 불쌍한 마음속에 나에 대한 어떤 열정이 싹텄더라도 어쩔 수가 없었다네. 그렇기는 해도, 나에게 정말 아무런 책임이 없다고 할 수 있을까? 내가 레오노레의 감정을 자극한 것은 아니었나? 그녀가 그렇게 웃을 수 없었을 텐데도 우리에게 자주 웃어 주는 것을, 나는 혹시 즐긴 것은 아니었던가? 나는 아닐세. 오, 인간이란 어떤 존재이기에 자기 스스로를 비난할 수 있단 말인가! 친구여, 그대에게 다짐하네. 나는 좀 더 나은 사람이 되도록 노력하며, 운명의 장난인 지난 불행을 예전처럼 되씹지 않겠네. 현재를 즐기고 과거는 과거로 흘려보내겠네. 물론 자네가 옳아. 내 친애하는 친구여, 인간이 만일 부지런히—왜 하필 그런 천성을 타고났는지는 알 수 없지만—모든 상상력을 다하여 지난 슬픈 추억을 되뇌려 하지 않고, 오히려 아무렇지 않은 듯한 현재를 인내하기 위해 노력한다면 고뇌는 훨씬 줄어들 텐데.

어머니의 일은 가능한 한 잘 처리하여, 조속히 결과를 알려드리겠다고 어머니께 이야기해 준다면 좋겠네만. 아주머니를 만나 보니 생각했던 것보다 그리 나쁜 심성은 아닌 것 같네. 괄괄하고 격정적인 성품이네만 근본은 착한 여자일세. 우리 몫의 유산을 아주머니가 움켜쥐고 내놓지 않는다는 어머니의 불만을 나는 아주머니에게 분명히 말해 줬네. 여기에 대해 아주머니는 아주머니대로의 사정을 말하고 조건을 제시한 다음, 그것이 충족되면 언제든지 모두 내주겠다고 하네. 그것도 우리의 요구사항보다 더 많이 말이네. 간단히 말해서 이제 이 일은 더 이상 말하고 싶지 않네. 어머니께는 다

잘돼 가고 있다고 말할 것이고. 친구여, 이 사안으로 인해 이 세상의 다툼은 악의나 흉계보다는 오해와 타성 때문에 일어나는 경우가 훨씬 더 많다는 것을 깨달았네. 적어도 악의나 흉계는 정말 드문 것 같네.

그건 그렇고, 이곳에 온 뒤로는 아주 잘 지내고 있다네. 낙원과도 같은 이 고장에서 고독은 내 마음에 귀중한 진정제 구실을 해 주고 있다네. 게다가 이 청춘의 계절은 온갖 풍요로움으로, 곧잘 겁을 내는 내 마음을 따뜻하게 해준다네. 모든 나무와 모든 생울타리들이 꽃다발인 것만 같아. 차라리 향기로운 꽃냄새의 바닷속을 날아다니며 온갖 영양분을 찾는 한 마리의 풍뎅이가 되었으면 싶네.

이 도시 자체는 쾌적하지 못하다네. 단지 교외의 자연은 형언할 수 없이 아름답다네. 지금은 고인이 된 M백작이, 이런 자연의 아름다움에 끌려 언덕 위에 꾸며 놓은 정원으로 갔네. 그 주위의 언덕들이 가로세로 아롱다롱 아름답게 이어지면서 더할 수 없이 아늑한 골짜기를 이루고 있네. 꾸밈새는 단순하고, 정원을 설계한 사람이 학술적인 조경가가 아니라, 그 속에서 스스로 즐기려는 마음을 지닌 그런 사람이었다는 사실을 그곳에 한 발짝만 들어서도 느낄 걸세. 백작이 생전에 가장 애호했던 장소였다는, 정원 안의 황폐한 정자에서 고인이 된 백작을 위해 눈물을 몇 번이나 흘렸는지 몰라. 나는 곧 이 정원의 주인이 될 걸세. 이제 겨우 하루이틀밖에 안 지났지만, 이곳의 정원사도 나를 따른다네. 내가 주인이 된들 그는 결코 역겨워하지 않을 거라 생각하네.

5월 10일

말할 수 없이 훌륭한 상쾌함이 내 영혼과, 동시에 달콤한 봄날 아침을 사로잡고 있고, 이 상쾌함을 나는 만끽하고 있다네. 나는 호젓이 나와 같은 영혼의 삶을 위해서 마련된 듯한 이 고장에서 일상을 즐기고 있네. 친구여, 나는 정말 행복하고, 너무나도 편안한 심정이다 보니, 도리어 내 예술은 얻을 게 없다네. 나는 지금 그림을 그릴 수가 없네. 한 획의 선조차 그릴 수가 없는 거야. 그러면서도 지금처럼 위대한 화가가 되어 본 적은 일찍이 없었네. 주변의 아름다운 골짜기에서 안개가 피어오르고 울창한 어둠의 표면에 드높은 해가 맞닿고, 그 속의 성전에 다만 몇 줄기의 빛살만이 새어 들어올 뿐이고, 조잘거리며 흐르는 시냇가의 무성한 풀숲에 누워 땅에 얼굴을 바짝 대면서 일일이 헤아릴 수 없는 갖가지 풀들을 살펴본다네. 풀줄기 사이에서 벌어지고 있는 작은 생물들 세계의 곤충이며, 기는 벌레와 날벌레들의 무궁무진한 여러 모습들에 가슴 뿌듯하다네. 그러고는 새삼 우리네 인간을 자신의 모습과 같이 창조한 전능한 하느님의 존재를 느끼고,

우리를 영원한 기쁨 속에 깃들게 해 주신 지극히 높고 자애로운 분의 숨결을 느끼게 된다네. 그러다 보면 친구여! 어느덧 눈가가 어두워지고, 주변의 세계와 하늘이 마치 사랑하는 이의 모습과도 같이 내 영혼 속에 온통 자리잡는다네. 그럴 때 나는 그지없는 그리움에 사로잡히며 생각에 잠긴다네. 아아, 내가 이것을 말로 옮길 수 있다면, 내 가슴 속에 이토록 충만하고, 이토록 뜨겁게 소용돌이치는 것을 종이에 옮겨 생기를 불어넣을 수가 있다면……. 그리하여 내 영혼이 무한하신 하느님의 반영인 것처럼, 그것을 내 영혼의 거울로 삼을 수가 있다면…… 하고 말일세. 친구여, 그러나 나는 한창 그런 생각이 들었다가도 그만 힘이 스르르 빠져 버리고 만다네. 현상의 이 장엄한 힘에 압도당하고 마는 걸세.

5월 12일

이곳에 사람의 마음을 흐리게 하는 영혼들이 떠도는지, 아니면 내 주위의 모든 것을 이토록 낙원같이 바꾸어 버리는 따스한 상상력이 내 가슴속에 깃들어 있는지 잘 모르겠네. 이곳에 샘이 하나 있는데, 멜루지네 자매처럼 나는 그 샘에 사로잡혔다네. 자그마한 언덕을 내려가면 동굴이 하나 나오고, 거기서 다시 층계를 스무 단쯤 내려간 곳에, 맑은 샘물이

대리석 바위틈으로 솟아나고 있네. 샘을 둘러싸고 있는 나지막한 돌담, 그 주위를 둘러싸고 있는 높다란 나무들, 얼굴에 확 끼치는 시원스런 냉기, 이 모든 것들에 사람의 마음을 끌어당기는 그 무엇, 그리고 사람을 전율케 하는 그 어떤 끌어당김이 있는 듯하네. 거기에서 한 시간이라도 앉아 있지 않은 날이 없었네. 그러면 시내에서 아가씨들이 와서 샘물을 길어 가는 걸세. 이는 한때 왕의 딸들도 했을 법한 가장 순수하고 단순하면서도 가장 필요한 일이네. 그것을 보고 앉아 있으면, 가부장시대의 생각이 생생하게 되살아나는 걸세. 당시의 마을 어른들이 샘가에서 서로 인사를 트고, 혼담을 주고받으며, 우물가에는 자비로운 영혼들이 떠돌고 있는 것처럼 보인다네. 아아, 이런 나의 기분을 이해하지 못하는 사람은, 한여름의 기나긴 여행 끝에 시원한 샘물로 기운을 되찾은 경험이 없는 사람일 거야.

5월 13일

내 서책들을 보내줄까 묻는 것인가? 친구여, 제발 부탁이네만 그만 두게나!

나는 이제 더 이상 이끌림을 받거나 고무되거나 자극을 받고 싶지가 않네. 내 가슴은 스스로도 충분히 부글거리며 끓어오르고 있다네. 나에게 필요한 것은 그것을 진정시켜 줄 자장가일세. 그리고 그 자장가들은 내가 애독하는 호메로스의 문학 속에 얼마든지 있다네. 나는 끓어오른 피를 그 자장가로 여러 차례 달래어 왔네. 내 마음처럼 변덕스럽고 불안한 것은 본 적이 없을 걸세. 친구여, 새삼스레 이런 소리를 자네에게 할 필요조차 없지 않을까? 슬픔에 잠겼다가는 걷잡을 수 없는 정신적인 흥분으로 치닫는가 하면, 달콤한 우울에서 파괴적인 정열로 넘어가는 내 모습을 목도했기에 여러 차례 떠안아야 했던 자네의 부담감을 알고 있는데 말일세. 사실 나는 내 마음이 병든 어린애인 듯싶다네. 무엇이든지 다 용인되거든. 다른 이들에게는 말하지 말게나. 이런 걸 역겨워할 사람들도 있을 테니 말일세.

5월 15일

이곳의 신분이 낮은 사람들은 벌써 나를 알아보고 매우 좋아한다네. 특히 어린애들이 그렇다네. 서글픈 기억도 있었지. 처음에 내가 이곳 사람들에게 다가가 이것저것을 허물없이 다정하게 물어봤더니, 몇 명은 내가 자기네를 놀리는 줄 알고 거칠게 대화를 끝마치는 이들도 있었다네. 그러나 나는 화를 내지 않았어. 다만 내가 여태껏 몇 번이나 느끼고 있던

프랑크푸르트의 자신의 서재에 있는 괴테, 연필소묘, 1774년

사실을 더욱 생생하게 느꼈을 따름일세. 다시 말하자면, 다소 지위가 있는 사람들은 하찮은 대중들과 너무 가까이 지내면 위엄이 손상되기라도 할까 봐 겁이 나서 언제나 냉담하게 대중들을 멀리하고 있는 것 같다는 걸세. 그런가 하면 자기만은 파격적인 체하고 일부러 공손한 태도를 취함으로써 자신의 거만함을 불쌍한 대중들이 한층 더 느끼도록 하는 경박한 자들이나 악의적인 실없는 사람들도 있는 거라네.

우리네 인간들이 모두 평등하지 않으며, 또 그럴 수도 없다는 점은 나도 잘 알고 있네. 그러나 존경을 받기 위해서 이른바 하층계급 사람들을 멀리할 필요가 있다고 생각하는 무리들은 패배가 두려워서 적군 앞에서 도망치는 비겁한 자와 마찬가지로 비난을 받아 마땅하다네.

며칠 전에 샘터에 나갔다가 거기서 젊은 하녀 한 명을 보았네. 그녀는 물동이를 계단 맨 아래에 놓고서 사방을 둘러보고 있더군. 물동이를 머리에 이도록 거들어 줄 수 있을 친구가 한 명이라도 나타나길 기다리는 듯이 말이야. 나는 아래로 내려가서 그녀를 보고 말했지.

"거들어 드릴까요, 아가씨?"

그녀는 얼굴이 새빨개져서 대답했어.

"오, 아니에요, 나리."

"사양할 것 없어요."

그녀는 머리 위의 또아리를 바로잡았고, 나는 물통을 이도

록 거들어 주었네. 그녀는 고맙다는 인사를 하고는 계단을
올라가더군.

5월 17일

나는 여러 부류의 사람들과 알게 되었지만, 교제해도 될 만
한 사람들은 아직 찾지 못했네. 나의 어떤 점이 매력적인지 모
르겠으나 아주 많은 사람들이 나를 좋아한다네. 그러나 이 사
람들과 나는 그저 잠시 동안만 길을 같이 가는 것뿐이요, 오래
가지 않아 서로 헤어져야만 한다는 사실을 생각하면 슬프다
네. 이곳 사람들이 어떠냐고 자네가 묻는다면, 타지 사람들과
다를 바가 없어! 라고 대답할 수밖에 없네. 인간이란 족속은
대개 엇비슷한 거라네. 인간들은 대개 대부분의 시간을 생존
을 위한 일에 다 써 버리고, 자유 시간이 약간이라도 생기면 인
간은 겁이 나 안절부절못하며 기를 써서 그 시간에서 벗어나
려 하는 것이라네. 아, 이것이 인간의 운명이라네!

하여간 정말 선량한 사람들이야! 나는 때때로 나 자신을
잊고 아직도 인간에게 허용되어 있는 즐거움을 이 사람들과
함께 즐기고 있다네. 훌륭하게 차려 놓은 식탁 앞에 마주 앉
아 마음 놓고 허물없는 농담을 주고받기도 하고, 때로는 마
차를 같이 타기도 하고, 무도회에 참석하기도 하네. 그런 모

든 일들이 나에게는 매우 이로운 결과를 가져다준다네. 그러나 나의 내부에는 아직도 많은 다른 힘이 잠자고 있으며, 그 힘은 전혀 사용되지도 않은 채 썩어가고 있는데, 나는 그것이 남들의 눈에 띄지 않도록 조심스레 감추어야만 한다네. 아아, 그런 생각을 하면 가슴이 죄어드는 것만 같네. 그러나 오해를 받게 마련인 것이 우리의 운명인 걸 어쩌겠나.

아아, 어릴 적 친구였던 그녀가 죽지 않았더라면 좋았을 걸, 차라리 그녀를 몰랐더라면 이렇게까지 마음이 쓰라리지는 않았을 것을! 나는 자신에게 이렇게 말한다네. '너는 바보야! 이 세상에서 구할 수 없는 것을 찾고 있으니까.' 그러나 나는 그녀를 소유했으며, 그녀의 심장을 느꼈으며, 그녀의 위대한 영혼과 접촉했었네. 그녀의 영혼 앞에 서면, 나는 그 무엇이든지 스스로 되고자 하는 것이 될 수 있었기에, 나 자신이 현실의 나 이상의 존재처럼 느껴졌었네. 정말로 내가 그때 발휘하지 않았던 힘이 남아 있기는 했었던가? 그녀와 마주하고 있자면, 그야말로 온통 신비한 감정에 휩싸여서, 자연을 고스란히 내 품안에 안아 들일 수 있었네. 우리의 교제는 더할 수 없이 섬세한 감수성, 비길 데 없이 날카로운 예지의 활동이 아니었던가. 그 활동이 갖가지 변화를 빚어내면서 나중에는 극단으로까지 이르렀지만, 그러한 변화들이 모두 천재라는 낙인으로 여겨지지 않았던가. 그런데 지금은 아아, 그녀는 나보다 연상이었기 때문에 나보다 먼저 무덤으로

가 버리고 만 걸세. 결코 나는 그녀를 잊지 못할 걸세, 그녀의 완고한 의지와 성스러운 관용을 말일세.

며칠 전에 나는 V라는 젊은이를 만났는데, 그는 이목구비가 준수하고 솔직한 청년이었네. 그는 대학을 갓 졸업한 사람으로 자신이 남달리 영민하다고는 여기지 않지만, 다른 이들보다는 아는 것이 많다고 믿고 있는 눈치였네. 여러 가지점으로 미루어 보건대 그는 상당한 노력가인 모양이야. 그는아는 것이 많기는 하더군. 내가 그림을 꽤 그리고, 그리스어를 안다는 사실(이것은 이 고장에서는 놀라운 일이거든)을전해 듣고는 나를 찾아와서, 그는 자신의 갖가지 지식을 늘어놓았네. 바토에서 우드, 드필에서 빈켈만에 이르기까지를이야기하는 거야. 그러고는 술체르 이론의 제1부를 독파했을 뿐 아니라, 고대 연구에 관한 하이네의 강의 필기본을 갖고 있다고 하더군. 나는 그의 말을 잠자코 들어주었다네.

또 한 사람 훌륭한 인물을 만났는데, 그는 공국(公國)의 법무관으로서 상냥하고 성실한 사람일세. 들리는 말에 따르자면그에게는 아이들이 아홉이나 있는데, 그 사람이 아이들에게둘러싸여 있는 광경을 보면 누구나 흐뭇해진다더군. 특히 그사람의 맏딸에 대한 평판이 자자하네. 법무관이 나더러 한번놀러 오라고 했으므로, 일간 찾아가 볼 생각일세. 그는 여기서한시간 반쯤 걸리는 공작의 수렵 별장에 살고 있네. 부인이 죽은 뒤에 허가를 얻어서 그리로 이사를 갔다는데, 이곳 관사에서 그대로 사는 게 그로서는 견딜 수 없이 슬퍼서 라는 거야.

그밖에 두세 명의 괴짜들도 알게 되었는데, 아주 비위에 안 맞는 친구들일세. 특히 친한 체하는 그 태도들이 딱 질색일세.

그럼 안녕! 이 편지는 자네 마음에 들겠지. 아주 사실적이니까.

5월 22일

사람의 일생이 일장춘몽에 지나지 않는다 함은 이미 많은 사람들이 생각했던 바지만, 그런 생각이 내 머릿속에서 줄곧 떠나지 않는다네. 인간의 활동과 연구도 벗어날 수 없는 한계 속에 갇혀 있는 꼴이란 말일세. 그런 것을 눈앞에 보게 되거나 또는 인간들의 모든 활동이 목적하는 바는, 결국은 갖가지 욕망을 만족시키기 위한 것이며, 그 욕망이라는 것도 궁극적으로는 우리의 가엾은 생명을 연장시키려는 것에 지나지 않는다는 사실, 그리고 또 탐구가 어느 정도에 이르면 만족해 버리고 마는 것은, 우리를 가두어 두고 있는 감옥의 벽에다 화려한 희망과 밝은 풍경을 그려 놓고서 좋아하는 허울 좋은 체념에 불과하다는 사실을 생각하게 되면, 빌헬름, 나는 그만 말문이 막혀 버리고 마네. 나는 나 자신의 내부로 은둔하고 거기서 한 세계를 발견하는데, 그것이 또한 표현이

나 생동하는 힘으로서 나타나기보다는 예감이나 막연한 욕망과 같은 것으로 나타나는 것일세. 그리하여 그 세계에서는 모든 것이 나의 오관 앞에 희미하게 떠돌아다니고 있으며, 나는 꿈결인 양 그 세계의 더 깊은 안쪽을 향해 미소를 짓는다네.

아이들은 원하는 것이 무엇인지를 알지 못하네. 그 점에 대해서는 박식한 학교 선생님들이나 가정교사들의 견해가 일치되고 있네. 그런데 어른들도 아이들과 마찬가지로 이 땅 위를 정처 없이 헤매고 살아가지만, 결국 어디서 와서 어디로 가는지도 모르는 채 뚜렷한 목적도 없이 비스킷과 케이크, 그리고 자작나무 회초리로 조종되고 있는 것일세. 이러한 사실은 아무도 시인하려 하지 않지만 내가 보기에는 명명백백한 사실일세.

내가 이런 소리를 하면 뭐라고 자네가 답할 건지 나는 알고 있네. 그러니 나도 기꺼이 승복하겠네. 그런 인간, 곧 어린애들과 마찬가지로 별생각도 없이 하루해를 보내며 인형을 안고 옷을 입혔다 벗겼다 하기도 하고, 어머니가 과자를 넣어둔 서랍께로 살금살금 조심스레 다가가서, 마침내 소망하던 물건을 가지면, 그것을 한입 가득 먹고 나서 "더 줘!" 하고 조를 수 있는 그런 인간이 가장 행복하다는 사실을 말일세. 또 자신의 무가치한 사업이나 자신의 욕정에까지 그럴듯한 명칭을 붙이고서, 그것이 인류의 행복을 위한 대사업이랍시고 버젓이 내세우는 그런 녀석들도 행복한 거야. 그렇게 할 수 있는 녀석들은 행복하단 말일세. 그러나 겸허한 마음으로, 이런 모든 일들이 어떤 의미를 가지고 있는지를 아는 사람들이 있다네. 그런 사람들은 안락하게 살아가고 있는 시민들이 자기네의 조그만 정원을 낙원처럼 가꾸는 것을 낙으로 삼고 있는 일이며, 불행을 안고 있는 자들도 그 무거운 짐에 허덕이면서도 쉬지 않고 제 길을 가고 있다는 사실, 그리고 이와 같이 모든 사람들이 단 일 분이라도 더 오래 햇볕을 쬐고 싶어 한다는 사실을 간과하고 있는 걸세. 그렇지, 그런 사람들은 말을 많이 하지 않고, 역시 자신의 세계를 자신의 내부로부터 이룩하며, 또한 행복한 것일세. 왜냐하면 그들 역시 일개 인간이기 때문일세. 그리고 그런 사람들은 아무리 답답한 환경에 처하더라도, 가슴속에서는 언제나 자유의 즐거움을 누리고 있는 거라네. 그리하여 언제든지 마음이 내키기만 하면 이 감옥에서 벗어날 수 있는 자유정신을 가지고 있는 거지.

5월 26일

자네는 옛날부터 내가 어디든지 마음에 드는 곳에 정착하여 그곳에 조그마한 집을 짓고 조촐하게 조용히 살고 싶어 한다는 것을 알고 있지 않던가. 여기서 내 마음에 꼭 드는 그런 곳을 발견했다네.

도시에서 대략 한 시간쯤 거리에 발하임[1]이라는 마을이 있네. 언덕을 따라 자리 잡고 있는 그 위치가 아주 재미있네. 그 마을에서 좁은 언덕길을 따라 올라가다 보면 별안간 골짜기 전체가 내려다보인다네. 나이에 비해 유쾌하고 건강한 식당 주인아주머니가 포도주, 맥주와 커피를 따라준다네. 무엇보다도 마음에 드는 것은 두 그루의 보리수일세. 사방으로 넓게 퍼진 나뭇가지들이 교회 앞의 조그만 광장을 덮고 있는데, 그 광장을 중심으로 둘레에는 농가와 창고, 그리고 마당들이 들어서 있네. 이렇게 정겹고 매력적인 분위기를 지닌 광장은 일찍이 본 적이 없을 정도라네. 나는 식당에서 작은 탁자와 의자를 그 광장으로 들고 나와, 커피를 마시며 호메로스를 읽는다네. 어느 맑은 날 오후, 내가 처음으로 아주 우연히 그 보리수 그늘 아래에 왔을 때, 광장은 정말 고요했었네. 모두들 들에 일하러 나간 것일세. 오직 네 살쯤 된 어린 사내아이 하나가 땅바닥에 앉아서 또 한 아이—태어난 지 반 년 가량밖에 안 된 갓난아기—를 제 무릎 사이에 앉히고, 두 팔로 아기를 안아 제 가슴에 기대어 놓고 있는데, 말하자면 큰 아이의 팔이 마치 소파처럼 안락하게 해주고 있는 셈

---

1 독자 여러분은 여기에 언급된 지명들을 찾으려는 수고를 하지 말기 바랍니다. 원래의 지명들은 필요에 의해 다른 이름으로 바꾸었습니다.(원주)

이었네. 그 사내아이는 검은 눈으로 쉴 새 없이 사방을 둘러보면서도 아주 조용히 앉아 있었네. 그 광경이 내 마음에 들었다네. 나는 그 맞은편에 놓여 있는 쟁기에 걸터앉아 매우 즐거운 기분으로 이 의좋은 형제의 모습을 스케치했네. 바로 그 곁의 생울타리, 곳간 문 그리고 부서진 짐수레의 바퀴 두세 개 등을 있는 그대로 그 속에 넣어 그렸네. 그리하여 한 시간 뒤에는 내 주관적인 잔재주가 조금도 가미되지 않은, 잘 정돈된 재미있는 그림이 완성되었네. 이를 계기로 앞으론 자연과 관련된 그림만 그리고 싶네. 자연만이 무한히 풍요로우며, 자연만이 위대한 예술가를 만드는 걸세. 그것은 세상의 규칙과 범절에 따라 판에 박힌 행동을 하는 사람이 이웃사람들의 비난의 대상이 되거나 몹쓸 악당이 되거나 하는 일이란 결코 없는 것과 마찬가질세. 그러나 그 반면에, 모든 규칙은 아무래도 자연의 진정한 감정과 그 참된 표현을 파괴해 버리고 마는 것일세. "그건 지나친 말이다! 규칙은 제한을 할 뿐이다. 불필요한 덩굴을 잘라 낼 뿐이야." 이렇게 자네는 말하겠지. 좋아 친구여, 그렇다면 비유를 하나 들어보겠네만 어떤가? 그것은 마치 연애와 같은 걸세. 어떤 청년이 여자에게 반해서 매일같이 그녀와 시간을 보내며, 자신이 모든 것을 제공하고 있음을 그녀가 알아주기를 바라며, 자신의 모든 정력과 재산을 다 기울이고 있다고 치세. 이때 한 속물이, 이를테면 어떤 관직에 있는 사람이 찾아와서 그 청년을 보고 이렇게 말하는 걸세. "젊은이! 인간이라면 사랑하는 것이 당연한데 다만, 인간다운 사랑을 해야 하오. 당신의 시간을 나누어서, 일부는 사업에 쓰고, 그 나머지 시간은 애인을 위해 쓰도록 하세요. 당신의 재산을 잘 관리하세요. 필요경비를 따로 두고 그 나머지로 애인에게 선물을 한다면야 나도 왈가왈부 하진 않아요. 다만 그것도 너무 빈도가 높으면 안 돼요. 애인의 생일이나 명명일 같은 때에만 하도록 해요." 그 충고에 따른다면 그는 쓸모 있는 청년이 되겠지. 나 역시 그를 관리로 채용하도록 어느 군주에게나 추천할 걸세. 그러나 그는 애인으로서는 그것으로 끝장일세. 그리고 예술가라면 그의 예술은 그것으로 끝장이 나는 거야. 아아, 나는 자네들에게 묻고 싶네! 천재의 격류가 둑을 무너뜨리고 소용돌이치며 밀어닥쳐 와서, 자네들의 영혼을 뒤흔들며 경탄케 하는 일이 어찌하여 이다지도 드문가? 그것은 그 격류의 양쪽 강둑에 태연자약한 신사들이 살고 있기 때문일세. 그 신사들이 자기네 정원이나 튤립 화단, 혹은 채소밭이 망가질까봐 재빨리 제방을 쌓기도 하고, 배수 공사를 하기도 함으로써 닥쳐올 위험을 미리 막기 때문이란 말일세.

이제 보니 내가 비유와 설명을 늘어놓느라 정신이 팔려서 그 아이들이 그 뒤에 어떻게 되었는지 자네한테 말하는 것을 잊은 것 같아. 단편적으로나마 어제 편지에서 이야기했다시피, 그림의 분위기에 사로잡혀서 그 쟁기에 걸터앉은 채 두 시간이나 그대로 있었다네. 저녁때가 다 되었을 때 젊은 엄마가 아이들에게로 급히 왔다네. 아이들은 그때까지 그 자리에 그대로 얌전히 있었던 걸세. 그녀는 한 손에 작은 바구니를 들고 있었는데, 아이들을 보고 멀리서부터 소리를 지르더군.

"필립스, 너 정말 착하구나."

그녀는 나에게 인사를 했네. 나는 답례하며 일어나서 그녀에게 가서, 이들의 어머니냐고 물었지. 그녀는 그렇다고 하고는 큰아이한테 흰 빵 반쪽을 준 다음, 갓난아기를 안아 올리더니 어머니의 사랑이 가득 찬 키스를 하더군. 그녀는 말했네.

"필립스에게 막내를 맡기고 큰아들을 데리고 시내에 갔었어요. 흰 빵과 설탕, 죽을 끓이는 냄비를 사려고요."

뚜껑이 떨어져 나간 바구니를 보니 그 속에 그녀가 말한 물건들이 다 들어 있었네.

"한스(이것이 갓난아기의 이름이었네)에게 오늘 저녁에 수프를 끓여 주려고요. 개구쟁이 큰아들이 어저께 질냄비를 깨뜨려 버렸거든요. 남은 죽을 서로 먹으려고 필립스와 싸우다가 말예요."

그 큰아이는 어디에 있느냐고 나는 물었네. 풀밭에서 거위두세 마리를 쫓아다니고 있노라고 그녀는 대답했는데, 대답이 채 끝나기도 전에 큰아이가 뛰어오더니 둘째에게 개암나무 가지를 선사하는 것이었네. 나는 그녀와 대화를 계속했는데, 그녀는 그 마을 학교 교사의 딸이며, 그녀의 남편은 사촌의 유산상속 문제로 스위스로 여행 중이라는 사실을 알게 되었네.

"모두들 남편을 속이려 한 거예요" 하고 그녀는 말을 이었네.

"남편이 편지를 몇 번이나 내었는데도 답장이 안 오는 겁니다. 그래서 그곳으로 떠난 거지요. 좋지 않은 일이라도 생기면 안 되는데. 남편한테서 도무지 소식이 없어서요."

나는 그녀와 그대로 헤어지기가 어쩐지 서운해서, 두 아들에게 일 크로이처씩을 주고 갓난아이를 위해서도 일 크로이처를 그 어머니에게 주면서, 시내에 나가거든 수프에 같이 먹을 흰 빵을 사다 주라고 말했네. 그리고 우리는 헤어졌네.

나의 가장 사랑하는 벗이여, 고백하거니와 도저히 내 마음을 진정시킬 수가 없을 때는, 이런 사람들의 모습이 위안이 된다네. 그런 여인은 안달하는 법 없이 행복스럽게 정착하여, 애환의 좁은 언저리를 빙빙 돌며 그날그날을 살아 나가는 거라네. 낙엽이 지는 것을 보고서야 이제 겨울이 오는구나 하는 것을 느낄 뿐, 다른 생각이라고는 하지 않는 그런 사람이지.

그 만남 이후 나는 그곳에 자주 간다네. 아이들은 이제 나와 꽤 친해져서, 내가 커피를 마시고 있을 때에는 설탕을 얻어먹고, 저녁에는 버터 빵과 우유를 나누어 마시곤 하지. 일요일에는 그들에게 일 크로이처씩을 꼭꼭 주기로 하고 있네. 미사 시간이 지났는데도 내가 그곳에 가지 못했을 때에는 음식점 여주인에게 나 대신 그 애들에게 용돈을 주라고 해 두었네.

아이들은 스스럼이 없어져서 내게 온갖 이야기를 다 한다네. 특히 마을아이들이 많이 모이면 그들의 거친 감정이나 소박한 욕구 불만이 노골적으로 폭발하는데, 그것은 정말 흥미로운 모습이라네.

이 훌륭한 신사께 혹여 아이들이 폐를 끼치지나 않을까 해서 아이들의 어머니는 무척 신경을 쓴다네. 그런 걱정은 필요가 없다는 것을 납득시키느라고 나는 꽤 애를 먹었다네.

5월 30일

최근 내가 그림에 대해 자네에게 이야기한 것은, 시문학에도 충분히 들어맞는 말일세. 가장 핵심이 되는 것을 찾아서 그것을 담대하게 표현할 수 있으면 되는 걸세. 그렇게 하면 물론 간결한 말로써 많은 것을 나타낼 수가 있지. 내가 오늘 말하자면 가장 아름다운 목가적 광경을 보았다 치세나. 그러나 시문이니 장면이니 목가니 하는 그런 말들이 무슨 소용이겠나? 우리가 자연현상 그 자체에 흥미를 느끼면 됐지, 그것을 이렇게 저렇게 주물럭거릴 필요가 있겠나?

이런 서론을 늘어놓았다고 해서 그야말로 대단한 일을 기대한다면, 자네의 그 기대는 완전히 어긋날 걸세. 그토록 강하게 내 흥미를 끌었던 것은 어느 농가의 한 젊은 농사꾼에 지나지 않으니까 말이야. 내 이야기는 언제나 그렇듯이 제대로 전달이 되지 않을 것이고, 또 자네는 항시 내가 과장해서 이야기한다고 생각하겠지. 아무튼 그 무대는 역시 발하임이라네. 이런 희귀한 이야기가 생길 만한 곳은 역시 발하임밖에 없다네.

그 보리수 아래에서 커피 모임이 있었네. 나는 거기 모인 사람들이 별로 탐탁지 않았기에, 핑계를 대고 한데 어울리지 않고 따로 떨어져 있었네.

농사꾼 차림의 한 젊은 청년이 근처의 농가에서 나오더니, 지난번에 내가 걸터앉아서 스케치를 했던 그 쟁기를 손질하기 시작했네. 그 인상이 마음에 들기에 나는 그에게 신상에 관해 물어 보았네. 우리는 곧 가까워졌고, 이런 부류의 사람들과도 늘 그랬듯이, 곧 흉허물 없이 이야기를 주고받게 되었네. 그의 이야기에 따르면, 그는 어떤 과부 집에서 머슴살이를 하고 있는데, 상당히 좋은 대우를 받고 있다는 것이었네. 그 여주인에 대한 이야기를 자꾸 하면서 칭찬을 늘어놓는 것을 보고, 나는 곧 이 청년이 몸과 마음을 다 바쳐 여주인을 사모하고 있음을 알아챘지. 그의 말에 의하면, 그 여주인은 이제 젊지도 않고, 첫 남편에게 좋은 기억이 없기 때문에 재혼할 마음이 전혀 없다는 것이었네. 그의 말투로 미루어, 그 여주인이 청년에게 다시없이 아름답고 매력 있는 존재이며, 또 첫 결혼에서 겪은 그 쓰라린 기억을 지워 버리기 위해서라도 그녀가 자기를 선택해 주기를 열망하고 있다는 사실을 똑똑히 알 수 있었다네. 이 청년의 순수한 사모의 정, 그 사랑과 진정성을 자네에게 알리려면, 그 말을 그대로 되풀이해야만 하겠지. 여간 위대한 시인이 아니고서는 그의 몸짓이며 표정, 목소리에 담긴 정감, 눈길 속에 깃들어 있는 정열 등을 그대로 자네에게 전달하기는 불가능할 걸세. 아니, 아무리 위대한 시인이라도 그의 태도와 표정 속에 어리어 있는 것을 재현하려 든다면 서투른 실패작이 될 뿐이지. 특히 내 마음을 감동시킨 것은, 내가 자기와 여주인과의 관계를 좋지 않게 받아들이고, 여주인의 처신을 의심하지나 않을까 하고, 그가 진심으로 걱정스러워하는 점이었어. 여주인의 얼굴 생김새며, 젊음의 매력은 이미 사라졌는데도 꼼짝없이 자기를 사로잡는 그녀의 몸매에 대하여 얘기하는 그 청년의 태도가 얼마나 매력적이었던가 하는 것을, 나는 다만 마음속으로 되풀이할 수 있을 뿐일세. 나는 태어나서 오늘날까지, 안타까운 욕정과 뜨거운 소망이 이토록 순수한 형태로 나타난 것을 일찍이 본 적이 없네. 아니, 그런 것은 꿈에도 생각한 적이 없네. 이러한 순수성과 진실을 생각하면 내 영혼은 마음속 깊은 곳에서부터 불타오른다네. 그 진실과 애정의 생생한 모습은 어디를 가나 나를 따라오네. 마치 그 불꽃이 나에게 옮겨 붙기라도 한 것처럼 숨 가쁘고 애가 탄다네. 이런 소리 한다고 나를 나무라지는 말게.

나는 될수록 빠른 시일 안에 그녀를 만나 보고 싶네. 아니, 다시 생각해 보니 그녀를 만나는 건 피하는 게 낫겠네. 애인의 눈을 통하여 그녀를 보는 편이 나을 것 같네. 직접 보면, 지금 내 마음속으로 그리고 있는 그녀와는 딴판일 수가 있으니까. 그 아름다운 이미지를 깨뜨려 버릴 필요가 어디에 있겠나?

6월 16일

왜 자네에게 편지를 쓰지 않느냐고? 그런 걸 묻다니, 그러고도 자네는 학자 축에 끼는가? 그래, 내가 잘 지내리라 짐작이 가지도 않는단 말인가? 한마디로 말하자면 새로이 사람을 사귀었는데, 이 만남에 내 마음이 쏠리는군. 나는 글쎄, 뭐라고 해야 할지. 한없이 사랑스러운 한 여인을 알게 되었는데, 그 자초지종을 설명한다는 것은 나로서는 불가능해. 나는 행복하며 만족하고 있네. 그래서 글을 잘 쓰는 사람은 될 수 없는 걸세.

천사! 휴우, 이건 누구나 자기 애인을 이렇게 부르는 것 아닌가, 그렇지 않아? 나는 그녀가 얼마나 완벽한가 하는 것을 자네에게 설명할 수가 없네. 하여간 그녀는 내 마음을 완전히 사로잡아 버렸네.

한없이 총명하고 순진하며, 한없이 착실하면서도 다정하고, 한없이 발랄하고 활동적이면서도 차분함을 지니고 있는 여인일세. 그녀에 대하여는 어떤 말을, 어떤 식으로 하더라도 모두가 하찮은 소리, 어줍지 않은 추상적 표현이 될 뿐, 그녀의 모습을 올바르게 나타내지 못할 걸세. 이다음에, 아니지, 이다음으로 미룰 게 아니라, 지금 당장 이야기하지. 지금 이야기하지 않으면 기회가 없을 것 같으니까 말일세. 왜냐하면, 그건 우리 사이니까 하는 얘기지만, 이 편지를 쓰기 시작한 뒤로 나는 벌써 세 번이나 펜을 놓고 말에 안장을 얹게 하고 타고 나가려 했다네. 나는 오늘 아침에, 오늘은 그녀에게 가지 않겠다고 스스로 맹세를 했던 터일세. 그런데도 자꾸만 창가로 가서는, 해가 아직 떠 있나 살펴보곤 한다네……

나는 참을 수 없었네. 그녀에게 가지 않을 수가 없었네. 거기 갔다가 지금 막 돌아온 참일세. 빌헬름, 나는 저녁으로 버터 바른 빵을 먹고 자네에게 편지를 쓰네. 그녀가 귀엽고 발랄한 어린 여덟 명의 동생들에게 둘러싸여 있는 광경을 보면, 내 영혼은 얼마나 기쁜지 몰라!

계속 이런 식으로 이야기한다면, 아무리 읽어 봤자 자네는 자초지종을 알 수 없겠군. 좋아, 이제라도 내 마음을 가라앉히고 연유를 이야기해 주겠네.

최근에 내가 어떻게 법무관인 S씨를 알게 되었는지, 그가 나에게 자기 은둔처 혹은 자기의 작은 왕국으로 한번 놀러 오라고 했었는지 자네에게 편지로 알린 적이 있지 않던가. 그런데 나는 그 방문을 미루고 있었다네. 만일 우연찮게 그 한적한 곳에 감춰진 보물을 발견하지 않았더라면, 나는 결코 거기에 가지 않았을 걸세.

이곳 젊은이들이 시골에서 무도회를 개최하였는데, 나도 기꺼이 참석했었지. 나는, 마음씨가 곱고 예쁘장하지만 별반 특징은 없는, 이 동네 아가씨에게 파트너가 되어 줄 것을 부탁했네. 내가 마차를 한 대 빌려서 파트너인 그 아가씨와 그녀의 사촌 동생을 태우고 무도회장으로 가기로 했네. 도중에 샤를로테 S네 집에 들러 그녀를 함께 데리고 가기로 이야기가 되었지.

"아름다운 아가씨를 알게 되실 거예요."

수풀 속에 널찍하게 나 있는 길을 따라, 그 사냥별장을 향해 달려가는 마차 속에서 내 파트너인 소녀가 말했네.

"반하지 않도록 주의하세요" 하고 그녀의 사촌동생이 덧붙이는 걸세.

"왜요?" 하고 나는 물었지.

"그 아가씨는 벌써 약혼자가 있는 분이니까요" 하고 내 파트너인 소녀가 대답하더군.

"약혼자는 아주 훌륭한 분인데, 지금 여행 중이랍니다. 그분의 아버님이 돌아가셨기 때문에 여러 가지로 정리할 일도 있고, 또 좋은 일자리를 물색하기 위해서이기도 하지요."

그런 소리를 들어도 나는 별로 관심을 두지 않았다네.

해가 산마루에 걸리기 십오 분 전쯤 우리는 그 집 문 앞에 다다랐네. 몹시 후덥지근했다네. 여자들은 소나기가 한바탕 내리지나 않을까 하고 걱정들을 했네. 지평선 일대에 수증기를 머금은 듯한 잿빛 구름이 깔려 있어서 소나기가 한번쯤 몰려올 것만 같았네. 나는 어설픈 기상학 지식을 늘어놓으며 여자들의 걱정을 달래긴 했으나, 속으로는 모처럼의 즐거움이 수포로 돌아가지나 않을까 내심 염려하고 있었다네……

내가 마차에서 내리자 하녀가 문간에 나오더니, 로테 아가씨가 곧 나오실 거라며 잠시만 기다려 달라고 하더군. 나는 안뜰을 지나서 잘 지어진 안채를 향해 걸어갔지. 입구의 계단을 올라가서 현관 안으로 들어서자, 일찍이 본 적이 없는 정겨운 광경이 눈에 들어왔네. 거실 초입에 있는 방에 두 살에서 열한 살 사이의 아이들 여섯이 한 소녀를 둘러싸고 있었네. 몸매가 아름다운 중키의 그 소녀는 청초한 흰옷을 입었는데, 팔과 가슴에 연분홍 장식 끈이 달려 있었네. 소녀는 검은 빵을 손에 들고 자기를 둘러싼 아이들에게 각각 연령과 식욕에 따라 한 조각씩 잘라 주었는데, 어느 아이에게나 그야말로 다정스레 건네주는 것이었네. 아이들은 빵을 채 자르기 전부터 저마다 그 작은 손을 높이 들어올린 채 기다리고 있다가, 빵조각을 받으면 아주 천진스럽게 "고맙습니다!" 하고 소리를 지르는 걸세. 그러고서 아이들은 각자가 받은 몫에 만족하며, 자기들의 언니인 로테가 타고 갈 마차와 손님들을 보려고, 어떤 아이는 뛰어나오기도 하고, 또 어떤 아이는 얌전한 성품인지 천천히 걸어서 대문 쪽으로 나갔다네.

"죄송합니다" 하고 그녀는 나를 보고 말했네.

하인리히 아담 부프(1710~1795)의 주택, 베츨라 소재

"선생님께서 여기까지 이렇게 오시도록 하고, 또 아가씨들을 기다리게 해서…… 옷을 갈아입고, 제가 집에 없는 동안 해둬야 할 일들을 하다 보니 아이들에게 저녁 빵 주는 것을 잊고 있었네요. 아이들은 저 말고는 누구도 빵을 잘라 주길 바라지 않아요."

나는 그저 상투적인 인사를 했지. 내 마음은 온통 그녀의 자태와 목소리, 그리고 그 동작에 집중되어 있었네. 그녀가 장갑과 부채를 가지러 거실로 뛰어갔을 때, 나는 비로소 제정신으로 돌아와 이 최초의 놀라움으로부터 헤어날 수 있는 여유를 찾았다네. 아이들은 조금 떨어진 곳에서 나를 보고 있었네. 나는 막내둥이에게로 다가갔다네. 그 애는 매우 귀염성 있는 얼굴의 사내아이였는데, 슬금슬금 뒷걸음질을 치더군. 그때 로테가 되돌아와서 말했네.

"루이스, 사촌형께 악수해야지."

그 아이는 시키는 대로 스스럼없이 손을 내밀었네. 콧물을 흘려 코밑이 약간 지저분했지만 나는 그 애에게 마음에서 우러난 키스를 했네.

"사촌형이라뇨?" 하고 로테에게 손을 내밀면서 물었지.

"나를 아가씨의 사촌이 되는 영광을 누릴 수 있을 만한 사람으로 생각해 주시는 건가요?"

"아, 그건" 하고 로테는 가볍게 미소를 지으며 말했네.

"저희들에겐 사촌이 아주 많답니다. 설마 그들 가운데서

선생님이 가장 빠지는 분이라면 유감일 테지만 그렇지 않아 보여요."

출발하면서 로테는 자기 바로 아랫동생인 소피에게 아이들을 잘 보살피도록 이른 다음, 승마산책을 나간 아버지가 돌아오시거든 인사 못 드리고 떠났다고 잘 말씀드려 달라고 부탁하였네. 그리고 다른 아이들에게는, 소피 언니를 자기처럼 생각하고 말을 잘 들어야 한다고 타일렀네. 두세 아이는 그러겠노라고 약속을 했으나 여섯 살쯤 된 성숙해 보이는 금발머리 소녀는 이렇게 말하더군.

"그렇지만 소피 언니는 로테 언니가 아니잖아. 우린 로테 언니가 더 좋단 말이야."

사내아이 둘은 어느 틈에 마차 뒤에 올라타고 있었네. 나의 요청에 로테는 숲 입구까지 아이들이 그대로 마차를 타고 가도 좋다고 허락했네. 그 대신 아이들은 장난치지 않고 얌전히 있겠다는 약속을 해야만 했지.

우리는 제각기 자리에 앉았어. 여자들은 서로 인사를 나눈 다음, 서로의 옷맵시, 특히 모자에 대한 이야기를 몇 마디 주고받은 후, 그날 저녁 무도회에 참석하는 사람들에 관한 이야기를 나누었네. 이야기 도중에 로테는 마차를 세우게 하고 동생들을 내리게 했네. 아이들은 로테의 손에 다시 한 번 입을 맞추고 싶어 하더군. 큰아이는 열다섯 살 소년다운 정감이 어린 키스를 했으나, 작은아이는 후딱 해치워 버리더군.

로테는 동생들에게 얌전히 잘 있으라는 말을 다시 한 번 하였고, 우리는 마차를 타고 떠났다네.

내 파트너의 사촌언니가 로테에게 일전에 보내준 책을 다 읽었느냐고 물었네.

"아니" 하고 로테는 대답했네.

"그 책은 마음에 들지 않더군요. 돌려 드리겠어요. 그전의 책도 역시 마음에 들지 않았어요."

"어떤 책인데요?" 하고 내가 묻자 어떤 책이름을 댔는데[2], 나는 그 대답을 듣고 놀라지 않을 수 없었네.

나는 그녀가 하는 모든 말에서 어떤 개성을 감지할 수 있었네. 그녀가 한마디 할 때마다 새로운 매력, 새로운 정신이 그 얼굴에서 번뜩이는 걸세. 그리고 그녀의 모습은, 자기 말을 내가 이해해 준다는 사실에 만족하여 점점 더 부드러워져 가는 것 같았다네.

"제가 더 어렸을 때는" 하고 로테는 말했네.

"소설을 제일 좋아했어요. 어떻게나 재미있는지, 일요일이면 방 한구석에 앉아서 미스 제니라든가 그런 주인공의 행운과 불운에 정신없이 빠져들곤 했었지요. 지금도 그런 책에

---

2 누군가 불평할 기회를 주지 않기 위해서 이 부분은 부득이 삭제했습니다. 원칙적으로 모든 작가는 아가씨들이나 젊고 변덕이 심한 청년들의 판단을 별로 중요하게 생각하지 않지만 말입니다.(원주)

마음이 끌린다는 것을 부정할 생각은 없어요. 허나 요즘은 좀처럼 책을 접할 기회가 없기 때문에, 이왕에 읽을 바엔 제 취향에 맞는 책을 읽고 싶어요. 제가 가장 좋아하는 작가는, 작품을 통해 제 자신의 세계를 발견할 수 있고, 저와 같은 처지의 생활묘사로 친근감이 가고 흥미 있는 이야기를 쓰는 그런 사람이랍니다. 저의 가정생활이 물론 천국과 같지는 않지만, 아무튼 뭐라 표현할 수 없는 행복의 원천이지요."

이 말을 듣고 나는 마음속의 감동을 감추느라고 무척 애를 썼다네. 그러나 그렇게 오래도록 감추고 있을 수는 없었네. 그녀가 ○○○[3]의 『웨이크필드의 목사』와 같은 소설을 언급하면서, 그것들에 대해 아주 정확한 견해를 피력하는 것을 들었을 때, 나는 내가 하고 싶은 말을 모조리 쏟아내고 말았네. 그러다가 얼마 후에 로테가 다른 사람에게로 말머리를 돌렸을 때에야 비로소 나는 깨달았네. 다른 두 여자들이, 그 사이에 줄곧 자기네들이 완전히 무시당하는 것이 기가 막히다는 듯이 눈이 휘둥그래져 있었다는 사실을…….그 사촌언니란 여자는 몇 번이나 콧등에 잔주름을 지으며 비웃듯이 나를 쳐다보았는데, 나는 조금도 개의치 않았네.

---

3 여기에서 몇몇 독일 작가의 이름은 생략했습니다. 로테의 칭찬에 공감하는 사람은 이 부분을 읽을 때 그들이 누구라는 것을 분명히 느낄 수 있을 것입니다. 그렇지 않은 사람이라면 굳이 그들이 누군지 알 필요가 없습니다.(원주)

화제는 댄스의 즐거움에 대한 것으로 바뀌었네…….

"이런 열정이 결점이라고 하더라도" 하고 로테는 말했네.

"서슴없이 고백하겠어요. 저는 댄스보다 더 나은 것을 알지 못합니다. 뭔가 걱정거리가 있을 때라도, 조율이 안 된 피아노로나마 무곡을 치고 있으면 그런 대로 기분이 풀리곤 해요."

그런 이야기를 하고 있는 동안에도 나는 그야말로 홀린 듯이 그녀의 그 검은 눈을 쳐다보고 있었다네……. 그 생동하는 입술, 생기 감도는 귀여운 두 볼이 내 마음을 여지없이 사로잡았네……. 그녀의 멋들어진 말에 넋을 빼앗겨 나는 몇 번이나 그녀의 말을 잘못 듣곤 했다네……. 나를 잘 알고 있는 자네니까 능히 짐작할 만하겠지……. 아무튼 무도회장 앞에 이르러 마차에서 내렸을 때, 나는 마치 몽유병 환자처럼 저물어 가는 세계 속으로 꿈결처럼 빨려 들어갔고, 불이 밝혀진 홀에서 울려 나오는 음악소리도 내 귀에는 거의 들리지 않을 지경이었네.

두 신사, 아우드란 씨와 다른 한 사람 모씨는…… 이름 따위를 어떻게 일일이 다 기억하겠는가……. 우리 마차가 있는 곳까지 와서 우리를 맞이하여 주었는데, 그들은 사촌언니의 파트너와 로테의 댄스 파트너로서 각자 자기의 상대 여성을 무도회장으로 인도해 갔네. 나도 내 파트너와 함께 안으로 들어갔지.

우리는 이리저리 뒤얽히며 미뉴에트를 추었네. 나는 잇달아 다른 여자에게 같이 추기를 청했는데, 그리 반갑지 않은 상대일수록 좀처럼 떨어져 나가려 하지 않더군. 로테와 그 파트너는 영국 춤을 추기 시작했네. 이윽고 차례대로 그들이 우리 조와 한데 어울려 파트너 바꾸기가 시작되었을때, 내가 얼마나 기뻐했는지는 자네도 짐작할 만하겠지. 그녀가 춤추는 모습은 한번 볼 만하다네! 그녀는 몸과 마음을 온통 춤에만 집중시켜 그 속에 몰두해 버리는 걸세. 몸 전체가 하나로 조화를 이루어서, 아무런 근심도 거리낌도 없으며, 오직 춤만이 전부요, 춤 이외의 일은 생각조차도 하지 않는 것 같다네……. 그 순간에는 다른 모든 것이 그녀 앞에서 사라져 버린 것 같았다네.

나는 로테에게 두 번째 대무곡을 같이 추자고 청했네. 그녀는 세 번째 대무곡을 출 때 상대가 되어 주겠노라고 약속을 하고는, 그지없이 사랑스럽고 솔직한 태도로, 자기가 정말 좋아하는 것은 독일 춤이라고 분명히 말하는 것이었네.

"여기서는" 하고 로테는 말을 계속했다네.

"독일 춤을 출 때 파트너를 바꾸지 않고 끝까지 추는 게 요즘 유행이에요. 그런데 제 파트너는 왈츠를 잘 못 추니까 안 춰도 되면 좋아할 거예요. 선생님의 파트너도 왈츠는 출 줄을 모르고 또 좋아하지도 않아요. 영국 춤을 출 때 보니 선생님은 왈츠를 잘 추시더군요. 그러니까 독일 춤의 상대로 저를 희망하신다면, 선생님께서 제 파트너에게 그렇게 이야기해 주세요. 저는 선생님의 파트너에게 이야기할게요."

나는 그러겠노라고 약속의 악수를 했네. 그리하여 우리가 짝을 지어 춤추는 동안, 로테의 파트너인 그 신사는 내 파트너의 상대가 되어 주기로 이야기가 되었지.

이제 춤이 시작되었네. 우리는 얼마간 팔을 이리저리 바꿔가며 춤을 즐겼지. 그녀의 춤추는 모습은 경쾌하고 매력적이었네. 연이어 왈츠가 시작되어 하늘의 별들처럼 서로의 주위를 선회하기 시작하자 그걸 제대로 출 줄 아는 사람은 극소수였으므로 처음에는 다소 어수선했네. 우리는 혼란이 진정되기를 느긋하게 기다렸지. 그리하여 서투른 사람들이 물러가고 홀에 거치적거리는 대상이 없어졌을 때, 우리는 가볍게 춤추기 시작했네. 우리 조와 아우드란 조만이 오래도록 춤을 추었지. 일찍이 그토록 경쾌하게 춤추어 본 적은 없었네. 마치 꿈속을 헤매는 것 같았네. 그지없이 사랑스러운 여인을 품에 안고 번개처럼 춤추며 돌아가다 보니, 내 주위의 모든 것이 다 사라져 버리는 걸세. 그리고…… 빌헬름, 정직하게 고백하지. 나는 맹세를 했다네. 내가 사랑하고 갈구하는 이 소녀로 하여금 결코 나 이외의 사람과는 왈츠를 못 추게 하겠노라고 말일세. 설령 그 때문에 내가 파멸하는 한이 있더라도……. 자네는 이런 나를 이해해 주겠지?

우리는 잠시 숨을 고르기 위하여 천천히 걸어서 홀을 두세 차례 돌았네. 그런 다음에 로테는 자리에 앉았네. 내 몫으로 갖다 놓았던 몇 개의 오렌지가 그때 남아 있는 유일한 과일이었는데, 그것이 아주 요긴하게 쓰였네. 그런데 그 오렌지를 로테가 한 자리에 앉은 염치없는 여자들에게 나누어 줄 때는 가슴이 쓰리더군.

　세 번째의 영국 춤에서 우리는 두 번째 조가 되었네. 사람들의 대열 속을 누비며 형언할 수 없는 기쁨을 만끽하고, 순수한 즐거움을 숨김없이 드러내면서 춤추고 있는 로테…….
나는 황홀감에 젖은 채 그녀의 눈을 바라보며, 그 팔을 끼고 춤을 추었네. 그러다가 어떤 부인 옆을 지나게 되었네. 그 부인은 이미 젊다고는 할 수 없었으나 애교 있는 얼굴이었으므로 그전에도 눈여겨본 적이 있는 여자였지. 그녀는 미소를 지으며 로테에게 시선을 보내더니 위협하듯이 손가락 하나를 쳐들고는 우리가 스쳐 지날 때 의미심장하게 알베르트라는 이름을 두 번씩이나 입 밖에 내는 것이었네.

　"알베르트가 누군가요?" 하고 나는 로테에게 물었지.

　"실례가 되는 질문인지 모르겠지만 말입니다."

　로테가 대답을 하려는 순간에 우리는 커다란 8자를 그리기 위해 서로 떨어져야만 했네. 그랬다가 도중에 서로 스쳐 지나게 되었을 때 보니, 그녀는 뭔가 생각에 잠긴 듯한 표정이더군…….

　"뭘 숨기겠어요."

　프롬나드 스텝으로 바꾸기 위해 나에게 손을 내밀면서 그녀가 말했네.

　"알베르트는 착실한 분으로, 저하고는 약혼한 것이나 다름없는 사이예요."

……그건 처음 듣는 말은 아니었지(오는 도중에 그 아가
씨들한테 들었으니까). 그런데도 나는 처음 듣는 소리 같았
네. 잠깐 사이에 나에게 이토록 소중한 존재가 된 이 여인과
그 이야기를 결부시켜 생각하지 않았기 때문이지. 나는 머리
가 혼란해지고 멍청해져서, 엉뚱한 조의 두 사람 사이로 비
집고 들어가 버렸네. 그 바람에 전체적인 대열이 뒤범벅이
되었지. 그런데 로테가 침착하게 나를 이끌어 주었으므로,
곧 원상회복이 되었네.

춤이 아직 끝나기 전에 번개가 잦아지기 시작했네. 벌써
아까부터 지평선 저쪽에서 번쩍번쩍하는 게 보였고, 날씨가
좀 시원해지려니 하고 생각했다네. 그런데 이젠 천둥소리가
음악을 압도해 버릴 지경이 되었네. 이윽고 여자 셋이 대열
에서 빠져나가자, 파트너인 남자들이 그 뒤를 쫓아갔네. 홀
전체가 뒤숭숭해지고, 음악소리가 그쳤네. 한창 즐겁게 놀고
있을 때 불행이나 공포가 엄습해 오면, 보통 때보다 더 강한
인상을 받게 되는 것은 지극히 자연스러운 일이지. 그 이유
가운데 하나는 앞뒤의 감정적인 대조가 뚜렷하게 느껴지기
때문이요, 또 한 가지 더 근본적인 이유는 우리의 감각이 활
짝 열려 그만큼 강한 인상을 받기 쉽게 되어 있기 때문일세.
몇몇 여자들이 갑자기 얼굴을 기묘하게 찌푸린 것도 그러한
원인에서 빚어진 결과라고 생각할 수 있겠지. 그중 가장 현

명한 한 여자는 홀 한구석에 가서 창문을 등진 채 귀를 막고 있었네. 또 어떤 여자는 꿇어앉아서 상대방 여자의 무릎에 얼굴을 파묻고 있었네. 또 한 여자는 그 두 사람 사이에 파고들더니, 눈물을 흘리며 친구를 껴안았네. 이성을 잃고 어쩔 줄 몰라하다가, 엉큼한 젊은 남자들의 무례한 행동을 막아내지 못하는 여자들도 있었지. 그 뻔뻔스러운 젊은 남자들은, 불안에 빠져 하늘을 향해 올리는 여인들의 기도를, 그 아름다운 입술에서 고스란히 자기 것으로 가로채기에 바쁜 것 같았네. 몇몇 신사들은 천천히 담배나 피우려고 아래로 내려갔네. 나머지 사람들은 이 집 여주인이 임기응변의 제안으로, 덧문이 있고 커튼이 쳐져 있는 방을 제공하겠노라고 해서 그리로 가게 되었지. 우리가 그 방에 들어서자 로테는 부지런히 오가며 의자들을 동그랗게 배치하더니, 각기 자리에 앉히고 게임이라도 하는 게 어떨까 제안했네.

달콤한 대가를 받게 될 수도 있겠는 걸 하고 벌써부터 입술을 쭉 내밀며 사지를 쭉 펴는 사람들이 보였다네.

"숫자 세기 놀이를 해요" 하고 로테가 말했네.

"자, 잘 들으세요. 오른쪽에서 왼쪽으로 차례대로 숫자를 세는 거예요. 각자 자기 차례의 숫자를 부르고 그 다음 차례로 넘기는 거지요. 그걸 도화선의 심지가 타 들어가듯이 빨리빨리 불러야만 해요. 막히거나 틀린 숫자를 부르는 분은 뺨을 맞게 됩니다. 자, 그럼 시작하겠어요. 천까지예요."

……정말 보기 재미났었다네. 그녀는 한 쪽 팔을 내뻗고서 돌아가기 시작했네. "하나" 하고 첫 번째 사람이 시작하자 그 다음 사람이 "둘", 또 그 다음 사람이 "셋", 이런 식으로 진행되어 가는 거야. 로테는 차츰 더 빨리 돌아가기 시작했네……. 그러자 누군가가 틀렸네. 찰싹, 로테가 뺨을 때렸네. 와아 하고 웃는 사이에 그 다음 사람도 찰싹! 그러고는 더욱 더 빨리 돌아가는 거야. 나도 두 번 뺨을 얻어맞았는데, 다른 사람보다 더 세게 때리는 것 같아서 무척 흡족스러웠네. 온통 웃고 떠들어 대는 바람에 천까지 가기 전에 게임은 끝나 버렸지. 가까운 사람끼리 저마다 짝을 지어 자리를 뜨기 시작했네. 소나기는 어느새 그쳐 있었거든. 나는 로테를 따라 다시 홀로 나갔지. 그 도중에 그녀는 말했네.

"뺨 때리는 데 정신이 팔려 모두들 소나기고 뭐고 다 잊어 버린 것 같더군요."

나는 대답할 말이 없었네…….

"저는" 하고 그녀는 말을 이었네.

"누구보다 겁이 많은 편인데도, 용기가 있는 척 다른 분들의 기분을 북돋워주려 하는 사이에 저도 모르게 힘이 나기 시작하더군요."

우리는 창가로 다가갔네. 천둥소리가 멀리서 울리고 아름다운 비가 조용히 땅을 적시고 있었네. 더할 수 없이 상쾌하고 향기로운 장미냄새가 따뜻한 공기 속에 충만하여 우리 있는

데까지 풍겨 왔네. 로테는 창틀에 팔꿈치를 괴고 서서 조용히 바깥을 내다보고 있었네. 하늘을 우러러보다가 이윽고 나를 보았는데, 그녀의 눈에는 눈물이 괴어 있었네. 그녀는 자기 손을 내 손 위에 얹으며 "클롭슈톡!" 하고 말했네……. 나는 곧 로테가 생각하고 있는 클롭슈톡의 그 장려한 찬가를 마음속에 되새기며, 그녀가 암호와도 같은 그 말로써 나에게 전달하려 한 감정의 흐름 속에 잠겨들었네. 나는 벅찬 감동을 억누를 길이 없어, 몸을 구부려 환희에 넘치는 뜨거운 눈물을 흘리며 그녀의 손에 키스를 했네. 그러고는 다시 그녀의 눈을 쳐다보았지. 거룩한 시인 클롭슈톡이여! 그녀의 눈빛 속에 담긴 당신에 대한 존경심을 보았어야 합니다. 이후로는 그대의 이름이 사람들의 입에 오르내리며 더럽혀지지 않기를 바라노라!

6월 19일

지난번 어디까지 이야기를 하다가 끝냈는지 생각이 나지를 않네. 그저 생각나는 것은, 내가 집에 돌아와서 누운 것이 새벽 두 시였다는 것과, 그리고 글을 쓰는 것이 아니라 눈앞에서 주절거리는 것이었다면 아마도 아침이 올 때까지 자네를 붙잡고 있었을 것이라는 것일세.

무도회가 끝나고 집으로 돌아올 때의 일은 말하지 않았는데, 오늘도 역시 그런 이야기를 하기에 알맞은 날은 아닌 것 같네.

그야말로 근사한 해돋이였어. 사방은 온통 이슬에 젖은 수풀과 싱그럽게 되살아난 들판이었어. 동행한 여자 둘은 꾸벅꾸벅 졸기 시작하였네. 로테는 나를 보고, 선생님도 좀 주무세요, 하고 권했네. 자기 때문에 체면 차릴 필요는 없다는 거야…….

"아가씨가 잠자지 않는 동안에는" 나는 그렇게 말하며 그녀의 눈을 응시하였지.

"그동안에는 잠들 염려는 없어요."

그리하여 우리 두 사람은 로테네 집에 닿을 때까지 그대로 깨어 있었네. 하녀가 문을 열어 주었는데, 로테의 물음에 대하여, 아버님도 애들도 여느 때와 같이 아직도 자고 있어요, 하고 대답했네. 헤어질 때 나는 그날 중으로 한 번 더 만날 수 있게 해 달라고 그녀에게 말했지. 로테는 승낙했네. 그래서 나는 그녀를 찾아갔지……. 그때 이후로, 해와 달과 별들은 물론 변함없이 그 궤도를 돌고 있겠지만, 나는 이제 낮인지 밤인지 분간할 수 없어졌다네. 내 주위의 온 세상이 사라져 버린 걸세.

6월 21일

나는 하느님이 성인들을 위해 마련해 둔 것 같은 그런 행복한 나날을 보내고 있네. 설령 앞으로 내 몸이 어떻게 되든 간에 내가 인생의 기쁨, 가장 순수한 기쁨을 맛보지 못했다고는 말할 수 없을 걸세. 나의 발하임을 자넨 알고 있지? 나는 그곳에 아주 정착하였네. 거기서 불과 반시간이면 로테네 집에 갈 수가 있다네. 그 집에 가면 나는 나 자신의 존재를 느낄 수 있네. 그리고 인간에게 주어진 모든 행복을……. 발하임을 산책의 목적지로 선정했을 때, 나는 그곳이 그토록 천국에 가까운 곳이라고는 꿈에도 생각지 못했네! 조금 멀리 산책을 나가 때론 강가에서 때론 산위에서 이리도 저렇게 자주 저 사냥 별장을, 내 모든 소망을 지닌 그 집을 보았던가 말이네!

친애하는 나의 친구 빌헬름! 나는 인간의 내부에 숨겨져 있는 욕망에 대하여 여러 가지로 생각해 보았네. 인간은 자기를 발전시키고 새로운 발견을 하기 위하여 여기저기를 헤매어 다니지. 그런가 하면 자진하여 속박에 몸을 내맡기고, 습관이란 궤도를 전혀 돌아보지 않는 내적 충동도 간직하고 있는 걸세.

신기한 일이지. 이곳에 와서 언덕 위에서 아름다운 계곡을 내려다보고 있노라면, 내 주위의 모든 것이 내 마음을 매료시키는 거야. 저 작은 숲! 아아, 저 숲 그늘에서 휴식을 취할 수 있었으면! 저 산봉우리! 아아, 저기서 이 고을 전체를 내려다보았으면! 연이어져 뻗어 있는 언덕과 정다운 계곡들! 아아, 저 속에 융합될 수 있었으면! 나는 서둘러 그곳으로 갔다가 되돌아왔네. 내가 바라던 것은 그곳에 없었네. 아아, 저 너머 먼 곳은 미래와 비슷해! 크고도 어렴풋한 것이 우리 앞에 조용히 가로놓여 있지. 우리의 감정도 또 우리의 눈도 그 속에 융합되어 가네. 그리하여 우리는 동경하는 걸세. 아아! 우리의 전존재를 내팽개치고, 단 하나의 위대하고 숭고한 감격의 환희에 충만하고 싶구나, 하고 말일세. 그러나 아아! 서둘러 그것에 가 닿아 '저 너머 먼 곳'이 '여기'가 되고 보면, 모든 것이 지금까지와 마찬가지인 걸세. 우리는 여전히 슬픔과 가난의 속박에 매여 있는 거야. 그리고 우리의 영혼은 어느 틈에 빠져나가 버린 청량제를 갈망하는 거지.

그래서 아무리 마음을 잡지 못하는 방랑자라도 최후에는 자기의 고향을 그리워하게 되는 걸세. 작은 보금자리, 아내의 품, 아이들의 웃음, 처자식을 부양하는 일, 그런 것들 속에서 넓고 넓은 세계를 돌아다니며 찾아도 찾을 수 없었던 기쁨을 발견하게 되는 거라네.

나는 아침해가 떠오름과 동시에 발하임으로 나가네. 주막집 채소밭에서 완두콩을 따 가지고, 걸상에 앉아 그 깍지를 까며 호메로스를 읽지. 좁은 부엌에 가서 냄비를 하나 찾아내어 버터를 떠 넣은 다음, 냄비를 불 위에 얹고 완두콩을 볶는다네. 냄비뚜껑을 덮고 그 옆에 앉아서, 때때로 냄비를 흔들어 완두콩을 뒤섞어 주지. 그러고 있을 때 나는, 오디세우스의 정숙한 아내 페넬로페에게 구혼하는 뭇 사내들이 소와 돼지를 잡아서 고기를 썰어 그것을 불에 굽는 광경을 눈앞에 떠올린다네. 나로 하여금 이렇게 평온하고 진실한 감정으로 충만케 해 주는 것은 부족사회 시대의 생활상, 바로 그것이라네. 다행히도 나는 그것을 아무런 꾸밈없이 내 생활 속에 얽어 넣을 수가 있는 걸세.

참 만족스러운 느낌이야. 내 마음은 순진하고 단순한 인간의 기쁨을 감지할 수가 있네. 그 사람들은 손수 가꾼 양배추를 식탁에 올리고 그것을 맛본다네. 아니, 양배추만이 아니지. 그것을 심었던 맑게 갠 아침, 거기에 물을 주며 무럭무럭 자라나는 과정을 즐겼던 흐뭇한 저녁, 좋았던 나날의 그 모든 것을, 식탁 앞에 앉은 그 시간에 다시 맛볼 수가 있는 것이지.

6월 29일

그저께 의사가 시내에서 법무관 집에 찾아왔었네. 마침 나는 그때 로테의 동생들에게 둘러싸여 놀고 있었지. 어떤 아이는 내 몸에 매달리고, 또 어떤 아이는 나에게 장난을 걸었으며, 나는 또 그들을 간질이면서 한데 어울려 떠들어 대고 있었다네. 그 의사는 줄곧 커프스 주름이나 칼라 장식을 매만지는 위인인데, 우리가 놀고 있는 광경을 보고 인간의 품위를 손상시키는 행동이라고 생각한 모양이었네. 그의 표정을 보고 그것을 알 수 있었지. 그러나 나는 그런 것에는 아랑곳하지 않고 점잖은 설교 따위 할 테면 하라지, 하고 아이들이 쓰러뜨린 카드로 만든 집을 다시 지어 주었네. 그런 일이 있은 후에 그 의사는 온 시내에 험담을 퍼뜨리고 다닌 걸세. 법무관네 아이들은 원래 버릇이 없었는데, 베르테르 때문에 더욱 망가지게 되었다는 거지.

빌헬름, 이 지상에서 내 마음과 가장 가까운 것은 아이들이라네. 아이들을 지켜보고 있으면, 사소한 일에서도 장차 그들이 지녀야만 할 일체의 덕성과 힘이 싹트고 있음을 알 수 있네. 그들의 거짓 속에 미래의 의연하고 꿋꿋한 성격을 볼 수 있으며, 장난 속에 세상살이의 위험을 극복해 나가는 유머와 재치를 엿볼 수 있지. 그 모든 것들이 조금도 손상되지 않고 그대로 나타나는 걸세. 그 모습을 바라보고 있으면, 나는 언제나 인류의 스승인 예수 그리스도의 "너희가 어린아이와 같이 되지 아니하면!"이라고 하는 황금 같은 말씀이 생각나네. 그런데 현실은 어떤가. 친구여, 우리와 같은 동등한 존재, 우리가 모범으로 삼아야 할 어린아이들을 우리는 마치 예속물처럼 다루고 있지 않은가. 우리네 어른들은, 어린아이들은 그들의 의지를 가져서는 안 되는 줄 알고 있네.

그렇다면 우리네 어른들도 의지를 갖고 있지 않단 말인가? 나이가 많고 분별이 있기 때문인가! 오오, 하느님, 당신의 눈에는 다만 나이 많은 어린이와 나이 적은 어린이가 있을 뿐일 것입니다. 그리고 어느 쪽을 당신이 더 기뻐하시는지는 당신의 아들 예수께서 벌써 옛날에 가르쳐 주셨습니다. 그런데 사람들은 그분을 믿으면서도, 그분의 말씀에는 귀를 기울이려 하지 않습니다. 물론 어제 오늘에 비롯된 일은 아니지만, 어른들은 아이들을 어른의 틀에 넣어서 기르고 있네. 안녕, 빌헬름! 더 이상 수다를 떠는 건 그만두기로 함세.

7월 1일

로테가 환자에게 어떤 의미가 있는지, 나 자신의 경우에 비추어서 잘 알 수 있네. 내 불행한 마음은 병상에서 쇠약해져 가고 있는 사람들보다 더 비참한 상태라네. 로테는 시내의 어떤 믿음이 깊은 부인 집에 가서 며칠을 지내게 되었네. 그 부인은, 의사의 진단에 의하면 임종이 멀지 않았는데, 임종에 이르는 며칠간 로테의 간호를 받고 싶어 한다는 거네. 지난주 나는 로테와 함께 성(聖) ○○라는 마을의 담임 목사를 찾아갔었네. 산 속으로 한 시간 정도 들어간 곳에 있는 작은 마을인데, 우리는 네 시경에 그곳에 당도했네. 로테는 둘째 여동생을 데리고 갔었지. 두 그루의 커다란 호두나무 그늘에 덮여 있는 목사관의 안뜰에 들어섰을 때, 그 선량한 노목사는 문간 앞의 벤치에 앉아 있었네. 로테를 보더니 노인의 얼굴에 생기가 돌더군. 지팡이를 짚는 것도 잊어버리고, 로테를 맞이하기 위해 일어서려 하였네. 로테는 얼른 달려가서 노인을 앉히고 자기도 그 곁에 앉아 아버지의 안부를 전한 다음, 목사의 늦둥이인 못생기고 더러운 아이를 끌어안는 것이었네. 로테가 그 노인을 돌보는 모습을 그대에게도 한번 보여 주고 싶을 정도였네! 그녀는 반쯤 귀먹은 노인의 귀에 목소리를 높이고, 갑자기 급사한 젊은 사람들의 이야기며, 칼스바트 온천물이 좋다는 이야기, 그리고 노인이 이번 여름에 그곳에 가기로 결심한 것을 칭찬해 드리고 지난번보다도 훨씬 건강이 좋아 보인다는 등등의 이야기를 하였네. 나는 그동안에 목사 부인에게 인사를 하고, 그녀와 이야기를 나누었지. 노목사는 그새 기운을 많이 되찾았네. 그래서 내가 시원한 그늘을 드리워 주는 커다란 호두나무를 칭찬하자 얼마간 더듬더듬하면서도 그 나무의 내력을 이야기해 주었네.

"늙은 저 나무는 누가 심었는지 몰라요. 이 목사가 심었다고도 하고, 저 목사가 심었다고도 하거든요. 그런데 저 안쪽 나무는 우리 집사람과 동갑으로, 오는 10월에 쉰 살이 됩니다. 집사람의 아버지, 장인이 아침에 저 나무를 심고, 그날 저녁에 집사람이 태어났다는 거예요. 장인은 나의 선임목사였는데. 이루 말할 수 없이 저 나무를 애지중지했답니다. 저도 역시 마찬가지지요. 지금부터 27년 전의 일입니다만, 내가 가난한 신학생으로 처음 이 안뜰에 들어섰을 때, 집사람은 저 나무 아래 나무더미에 앉아 뜨개질을 하고 있었답니다."

따님은 어디 있냐고 로테가 물으니까, 슈미트 씨와 같이 목장에서 일하고 있는 사람들에게로 갔다더군. 그러고 나서 노인은 그 선임목사가 자기를 무척 아껴 주었고, 그의 딸도 자기를 사랑해 주었으며, 처음에는 부목사가 되었다가 얼마 후에 후계자가 되었다는 이야기를 들려주었네. 이야기가 막 끝났을 무렵, 그 목사의 따님이 슈미트라는 사람과 같이 채소밭 쪽에서 들어왔네. 그녀는 진심으로 로테를 환영하더군. 솔직히 말해서, 그녀는 꽤 매력적이었다네. 갈색 머리에 몸매가 좋고 발랄한 아가씨로, 나름 얼마간은 시골에서 말동무가 될 만한 여인이었네. 그녀의 애인(슈미트 씨가 곧 그런 관계라는 것을 나타내는 태도를 취했거든)은 괜찮게 생겼으나 말이 없는 남자로, 로테가 아무리 말을 걸어도 우리의 이야기에 끼어들려 하지 않았네. 내 마음이 서글퍼진 것은 그가 우리와 어울리려 하시 않는 것이 식견 부족 때문이라기보다는 오히려 고집과 심술 때문이라는 것을 그의 표정으로 알수 있기 때문일세. 그 사실은 유감스럽게도 시간이 흐름에 따라 의심할 여지가 없어졌네. 우리가 다 같이 산책을 나갔을 때 프리데리케는 로테와 짝이 되기도 하고 어쩌다가 나와 나란히 걷기도 했는데, 그런 때면 그렇잖아도 가무잡잡한 그의 얼굴이 눈에 띄게 어두워지는 걸세. 그래서 로테는 기회를 보아 내 소매를 잡아당김으로써, 프리데리케에게 지나치게 친근한 척하지 말라고 일깨워 주었다네. 여하간 뭔가 못마땅한 일이 있다고 해서 사람들이 서로 상대방에게 괴로움을 끼치는 일, 무엇보다도 인생의 한창때이고 모든 기쁨에 대하여 가슴을 활짝 열어젖힐 수 있는 젊은이들이 얼굴을 찌푸리고, 서로의 얼마 되지 않는 행복한 날들을 망쳐 버리는 것처럼 불쾌한 일은 없네. 그들은 훗날에 가서야 비로소 자기들이 낭비해 버린 세월을 보상받을 길이 없음을 깨닫게 되지만, 그땐 이미 늦은 거지. 이런 생각으로 울화가 치민 나머지, 나는 저녁 무렵 목사관 안뜰의 테이블에 둘러앉아 우유를 마실 때, 화제가 이 세상의 고락에 미치자 실마리를 잡고 변덕스러운 불쾌감이란 것에 대해 마구 공격을 해대지 않을 수 없었네.

"우리 인간들은 곧잘 불평하기를, 행복한 날은 적고 불행한 날은 많다고들 합니다. 그러나 그것은 잘못된 생각인 것 같습니다. 하느님이 날마다 내려 주시는 은혜를 우리가 항상 마음을 활짝 열고 즐기려 한다면, 언짢은 일이 생기더라도 거뜬히 견뎌낼 만한 힘이 날 것입니다."

"하지만" 하고 목사 부인이 응수하였네.

"자신의 감정도 자기 뜻대로는 잘 안 되거든요. 몸의 상태에 따라 크게 좌우되는 거예요. 몸이 좋지 않을 때에는 뭘 봐도 마음에 들지 않는 걸요."

나는 일단 그에 수긍하며 말을 이었네.

"그렇다면 그것을 일종의 병이라 보고, 그 병을 치료할 방법이 없을까 생각해 보면 어쩔까요?"

"좋은 말씀이군요" 하고 로테가 말했네.

"그건 자기가 마음먹기에 달려 있다고 생각해요. 제 경우에 비추어서 알 수 있어요. 뭔가 속상하는 일이 있어서 불쾌한 기분이 들면, 저는 벌떡 일어나 나가서 정원을 왔다갔다하며 대무곡을 두어 곡조 노래합니다. 그러면 곧 기분이 가라앉거든요."

"그게 바로 제가 말하고자 했던 겁니다" 하고 나는 말했네.

"우울증은 게으름과 같다고 할 수 있죠. 아니, 게으름의 일종이지요. 우리는 선천적으로 게으름에 젖기 쉬운 경향이 있습니다. 그러나 일단 분발하면 일은 척척 진척되게 마련이요, 활동 속에서 진정한 기쁨을 발견할 수 있는 것입니다."

프리데리케는 열심히 경청하고 있었네. 그러나 슈미트라는 그 청년은 항변하기를, 인간이 자신의 감정을 통제할 수는 없다, 더구나 자신의 감성을 쇄시우시한다는 것은 불가능한 일이다, 이렇게 말하는 것이었네.

"지금 문제 삼고 있는 건 불쾌감으로" 하고 나는 말했지.

"그건 누구나 회피하고자 하는 감정입니다. 자신의 능력이 어느 정도인지는 시험해 보지 않고는 아무도 알 수 없는 겁니다. 병이 나면 누구든지 이 의사 저 의사를 찾아다니고, 건강을 회복하기 위해서는 아무리 괴롭더라도 절제하고, 아무리 쓴 약이라도 거부하지 않을 겁니다."

그 성실한 노목사가 우리의 토론에 참여하고 싶어서 귀를 기울이고 있는 것을 눈치 챈 나는, 목소리를 높여 노인 쪽을 보고 말했지.

"죄악에 대한 설교는 허다하게 들었습니다만, 불쾌감을 훈계하는 설교는 아직 들은 적이 없습니다[4]."

"그런 설교는 도회지 목사나 해야겠지요" 하고 목사는 말했네.

"농부에겐 우울증이란 없어요. 하긴 때로 그런 설교를 해보는 것도 나쁘지 않겠군요. 적어도 목사 부인이라든가 법무관님께는 약이 되기도 할 테니까."

그 말에 모두들 웃었네. 노목사 자신도 유쾌하게 웃어젖혔는데, 마침 기침을 쿨룩거리는 바람에 토론은 잠시 중단되었네. 이윽고 그 청년이 다시 입을 열어 이렇게 말했네.

"당신은 우울증을 죄악이라고 하셨는데, 그건 좀 지나친 말씀인 것 같군요."

"결코 지나친 말이 아닙니다" 하고 나는 말했지.

---

4 이 문제에 대해서는 현재 라바터의 탁월한 설교가 있습니다. 그중에서도 「요나서」에 관한 설교가 그렇지요.(원주)

"자기 자신과 주변의 가까운 사람들에게 두루 괴로움을 끼치는 일이 죄악이 아니고 무엇이겠습니까? 서로를 행복하게 해 주지 못한다는 그것만으로도 죄악이라 하기에 충분한데, 우리 각자에게 허용된 기쁨까지 서로 빼앗아야만 할 까닭이 뭡니까? 자기 자신은 불쾌하지만 혼자 견디어 내며 남들에게는 표현하지 않고, 주위 사람들의 즐거운 기분을 망치지 않으려고 애쓰는 사람이 있다면 그분이 누군지 알고 싶습니다. 불쾌감이란 오히려 자격지심에서 비롯된 마음속의 울분, 자신에 대한 불만 그리고 그것들과 결부된 어리석은 허영심에 의하여 북돋워진 질투가 아닐까요? 행복한 사람을 보고서도, 그 사람이 자기로 인해 행복한 것이 아니라는 사실 때문에 불쾌해 하고, 그것을 용납 못할 일로 생각한단 말입니다."

로테는 나를 보며 미소를 짓고 있었네. 프리데리케의 눈에는 눈물이 어리어 있었네. 거기에 용기를 얻어 나는 말을 계속했지.

"어떤 사람의 마음을 지배할 수 있는 처지에 있다고 해서, 그 사람의 마음속에서 자연스럽게 솟아나는 단순한 기쁨의 한 순간이 그런 폭군의 질투 섞인 불쾌감으로 인하여 망쳐진 것을 보상할 수는 없는 겁니다."

그 순간, 나는 가슴이 꽉 메는 기분이었네. 지난날의 갖가지 추억들이 되살아나면서 눈물이 핑 돌았네.

"우리가 날마다 자신에 대하여 이렇게 타이른다면 얼마나 좋을까요!" 하고 나는 큰 소리로 말을 이었네.

"너는 네 친구들에게 아무것도 해 줄 수가 없어. 다만 그 친구의 기쁨을 방해하지 않고 즐거움을 함께 나눔으로써 그 행복을 더욱 북돋워주는 일 이외에는……. 네 친구의 영혼이 타는 듯한 정열로 인해 시달리며 고민에 빠져 헤어나지 못하고 있을 때, 너는 한 방울의 완화제나마 그 친구에게 줄 수가 있는가? 그리고 또, 한창때의 꽃다운 시절을 너로 인해 허망하게 보내 버린 한 소녀가 중병이 들어 가슴 아플 정도로 수척해진 채 드러누워 있다고 치자. 소녀의 눈은 멍하니 허공을 응시하고, 임종의 진땀이 창백한 이마에 자꾸만 번져 나오고 있다. 그리고 너는 저주받은 자같이 그 병상 곁에 서서, 자신의 능력을 다 짜내어도 그녀를 위해서는 아무것도 해 줄 수 없다는 것을 뼈저리게 느끼고 있다. 죽어 가는 사람의 기운을 돋우는 한 방울의 약, 용기를 되살려 줄 수 있는 한 가닥의 불꽃이라도 주입해 줄 수 있다면 모든 것을 다 바쳐도 좋겠노라고, 애끓는 슬픔에 잠겨 있다. 그러면서도 너는 아무것도 해 줄 수가 없는 거야!"

이렇게 말하고 있는 사이에, 내가 일찍이 당면한 적이 있었던 그와 같은 광경이 무서운 기세로 나를 엄습해 왔네. 나는 손수건을 눈에 갖다 대고는 자리에서 일어났네. "그만 돌아가요" 하는 로테의 목소리에 나는 겨우 제정신을 차릴 수 있었네. 돌아오는 길에 로테는, 내가 모든 일에 지나치게 열중하는 것 같은데, 좀 자중하라고 간곡히 충고하는 것이었네. "선생님은 그 때문에 몸을 망치게 될지도 몰라요! 자기 몸은 자기가 돌보지 않으면 안 돼요!" 아아, 나의 천사여! 나는 오직 당신을 위해 살아가겠소!

7월 6일

로테는 여전히 그 위독한 부인을 간호해 주고 있네. 언제나 변함없이 남에게 도움의 손길을 뻗치는 인정 많은 로테라네. 그녀의 눈길이 닿으면 고통이 덜어지고 마음 깊은 곳에서 행복이 솟아오른다네. 어제 저녁에 로테는 마리아네와 어린 말헨을 데리고 산책을 나갔네. 나는 그것을 알고 도중에서 만나 함께 걸었네. 한시간 반 정도 산책한 다음 동네 쪽으로 돌아와, 그 샘터에 다다랐네. 그 샘터는 나에게 있어서는 아주 소중한 곳이 되었다네. 로테는 나직한 돌담에 걸터앉고, 우리는 그 앞에 서 있었네. 나는 주위를 눌러보았네. 그러자 아아, 내 마음이 그토록 외로웠던 그 무렵의 일이 눈앞에 선하게 떠오르는 걸세. '그리운 샘터여' 하고 나는 마음속으로 중얼거렸네. '그 뒤로 나는 한 번도 시원한 네 곁에서 쉬지를 못했구나. 급히 지나쳐 버릴 뿐, 너를 거들떠보지도 않왔던 적조차 더러 있었지.' 아래를 내려다보니, 말혠이 컵에 물을 떠 가지고 부지런히 올라오고 있었네. 나는 로테를 보았네. 그리고 그녀가 나에게 얼마나 소중한 사람인가를 새삼 절실히 느꼈다네. 그 사이에 말혠은 다 올라왔네. 마리아네가 그 물 컵을 받으려 하자 "안 돼!" 하고 말혠은 그지없이 사랑스러운 표정으로 소리를 질렀네.

"……로테 언니, 언니가 먼저 마셔요!"

나는 말혠의 그 천진한 애정에 감동되어 얼른 그 애를 안아 올리고 키스를 퍼부었네. 나는 내 감동을 그렇게밖에는 나타낼 수가 없었던 걸세. 그런데 말혠은 큰 소리로 울기 시작했네.

"선생님이 잘못하신 거예요" 하고 로테가 말했네.

나는 그 소리를 듣고 아차 했다.

"저리 가자, 말혠" 하고 로테는 그 애의 손을 잡고 돌계단 아래로 내려갔네.

"자, 이 깨끗한 물로 씻자. 얼른얼른 씻는 거야. 그러면 아무렇지도 않아요."

나는 거기에 선 채로 그 어린아이가 물에 적신 작은 손으로 제 뺨을 열심히 닦는 모습을 지켜보고 있었네. 기적의 샘물에 모든 부정한 것이 말끔히 씻겨 내려가서, 보기 흉한 수염이 뺨에 나게 되는 일을 면할 수 있게 될 것으로 믿고 있는 모양이었네.

"이제 그만 됐다!" 하고 로테가 말해도 그대로 계속 닦고 있었네.

많이 하는 편이 효과 있을 것으로 믿고 있는 것처럼……. 빌헬름, 나는 일찍이 세례의식에도 이토록 경건한 마음으로 참여하진 않았네. 로테가 다시 올라왔을 때, 나는 만민의 죄를 깨끗이 씻어 준 예언자라도 대하듯 그녀 앞에 넙죽 엎드리고 싶었네.

저녁때, 나는 내 마음속의 기쁨을 숨길 수가 없어서 이 사건을 어떤 남자에게 이야기했네. 분별이 있는 인물이라 인간의 마음에 대한 이해가 있을 것으로 기대했었는데, 그 결과는 전혀 뜻밖이었네. 그는, 그건 로테가 잘못한 거라면서, 아이들에게 터무니없는 생각을 불어넣어서는 안 된다는 걸세. 그것이 온갖 망상과 미신의 근원이 되기 때문이라나. 그런데 빠지지 않도록 우리는 어린이들을 일찍부터 지켜 주어야만 한다는 거야. 나는 그 사람이 바로 일주일 전에야 세례를 받았다는 사실이 떠올랐네. 그래서 나는 그가 말하는 것을 잠자코 듣고 있었지만, 마음속으로 우리는 하느님이 우리를 대하듯 어린이를 대해야 한다. 하느님이 우리를 즐거운 망상 속에 사로잡아서 몽롱한 기분에 잠기게 할 때에 우리가 가장 행복해진다는 진리를 되새기고 있었네.

7월 8일

　사람이란 어쩌면 그리도 어린아이 같을까! 단 한 번만이라도 나에게 눈길 주기를 바라다니! 어쩌면 이다지도 어린애 같단 말인가! 우리는 발하임에 같이 갔었지. 여자들은 마차를 타고 우리는 걸어서 갔는데, 나는 걸어가면서 내내 이런 생각을 했다네. 로테의 검은 눈동자 속에 분명히…… 나는 바보일세, 용서해 주게나, 자네에게도 보여 주고 싶네, 그 눈을. 간단히 말해서(지금 졸음이 와서 자꾸만 눈이 감기는 형편이거든) 이런 이야기일세. 여자들은 마차에 올라타고, 젊은 W와 젤슈타트, 아우드란 그리고 나는 마차 주위에 둘러서 있었네. 마차 안의 여자들과 바깥에 둘러선 남자들 사이에 대화가 오고갔지. 모두들 수다스럽고 쾌활한 친구들이거든. 나는 로테의 눈길을 잡으려 하고 있었지. 아아, 그 눈길은 다른 사내들에게로만 이리저리 보내졌네. 그런데 내게는! 내게는! 나는 따돌려진 채 체념을 하고 서 있었네. 그 눈길은 내게는 단 한 번도 닿지 않았다네! 나는 마음속으로 잘 가라는 인사를 천 번도 더 하고 있었는데 말일세! 그런데도 그녀는 내게 눈길을 주지 않는 거야! 그리고 마차가 떠나갔네! 내 눈에는 눈물이 핑 돌았네. 멀어져 가는 마차를 바라보고 있으려니까, 머리 장식이 마차의 문 밖으로 내비치더니, 그녀가 뒤를 돌아다보았네. 아아! 나를 보기 위해서 그랬을까? 친구여! 무엇인지 알 수가 없어 나는 갈피를 잡지 못하네. 아마 나를 돌아다본 것이겠지, 하는 것이 나의 유일한 위안일세. 잘 있게나! 아아, 어쩌면 나는 이다지도 어린애 같은지!

7월 10일

사람들이 모여 있는 자리에서 로테에 대한 이야기가 나오면 얼마나 바보처럼 행동하는지, 자네도 봐야 할 듯싶네! 누군가가 내게 로테가 마음에 드냐고 묻기라도 하면, 더구나…… 마음에 든다! 나는 그런 말이 딱 질색일세. 로테가 마음에 드는 사람 치고 모든 감정이나 생각이 그녀로 인하여 충만 되지 않는 사람이 있을까! 마음에 들다니! 며칠 전에 나에게 오시안이 마음에 드느냐고 물어보는 사람도 있었지.

7월 11일

M부인의 병세가 매우 위독하다네. 나는 부인의 생명을 위해 기도하고 있다네. 로테와 고통을 함께 나누고 있는 터이니까 말일세. 내가 그 부인 집에서 로테를 만나는 건 아주 드문 일이지만, 오늘 로테는 나에게 놀라운 이야기를 들려주었

다네. M이라는 노인은 아주 탐욕스러운 수전노로서, 여태껏 그 부인을 몹시 고생시키고 야박하게 굴어 왔다는 걸세. 그러나 부인은 어려운 대로 겨우겨우 살림을 꾸려 왔다네. 며칠 전, 의사가 그 부인에게 앞으로 살날이 얼마 남지 않았다는 사실을 알리자, 그녀는 남편을 병상에 불러 놓고(로테는 그 자리에 있었다네) 다음과 같이 말했다네.

"당신에게 털어놓을 일이 한 가지 있어요. 제가 죽은 뒤에 분란이나 좋지 않은 사태가 벌어져서는 안 될 터이니 드리는 말씀이에요. 저는 이제껏 최대한 절약하면서 집안 살림을 꾸려 왔어요. 그러나 당신에게 용서를 빌 일이 있는데, 그건 제가 30년 동안 줄곧 당신을 속여 왔다는 사실이에요. 당신은 우리가 결혼했을 때, 부엌살림에 소용되는 경비와 집안 살림의 비용 조로 얼마 안 되는 금액을 결정하셨지요. 그 뒤로 우리의 살림살이도 커지고 가게도 커지는데, 매주 당신이 주시는 돈은 변함이 없었어요. 좀 더 올려 달라고 제가 아무리 간청을 해도 당신은 들어주시지 않았어요. 길게 말하지 않더라도, 살림 규모가 가장 커졌을 때에도 일주일에 칠 굴덴의 돈으로 꾸려 나가라고 말씀하셨던 것은 당신이 더 잘 아시겠지요. 저는 당신 말대로 고분고분 그 칠 굴덴을 받았고, 모자라는 돈은 매주 가게의 매상금 중에서 따로 떼어 충당해 왔지요. 주부가 매상금의 일부를 훔치리라고는 아무도 생각지 않을 테니까요. 하지만 저는 조금도 낭비를 하지 않았어요. 이런 고백을 하지 않더라도 마음 편히 저세상으로 갈 수 있을 거예요. 다만 제 뒤를 이어 살림을 꾸려 나갈 사람이 그 돈으로는 어림도 없을 텐데 당신은 또 보나마나 그전 마누라는 그 돈으로 거뜬히 꾸려 나갔노라고 우기실 테니, 그 생각을 해서 이렇게 말씀드리는 거예요."

나는 믿을 수 없을 정도의 인간의 어리석음에 대하여 로테와 이야기를 했네. 대충 두 배 정도의 경비가 소요된다는 것이 눈에 뻔히 보이는데도 칠 굴덴으로 꾸려 나가고 있다면 그 이면에 뭔가 비밀이 있는 게 아닌가 하는 의심이 들 텐데, 그것을 그대로 지나쳤다니……. 그러나 나는 자기 집에 '예언자의 무진장한 기름단지'(구약성서, 열왕기 상, 17장: 역주)가 있는 것으로 믿어 의심치 않는 사람이 있음을 알고 있네.

7월 13일

이건 내가 잘못 생각한 것이 아니야! 나는 그녀의 검은 눈동자 속에서 나와 나의 운명에 대해 진정으로 공감하고 있음을 보았다네. 나는 느낄 수 있네. 그녀는—아아, 천국을 이런 말로 표현해도 괜찮을까—나를 사랑하고 있다고 말일세!

틀림없이 그녀는 나를 사랑하고 있어! 이 점을 알고부터 나란 존재는 내게 한없이 소중해졌다네. 내가 나 자신을 얼마나 존경하게 되었는지 모른다네. 자네에겐 이런 소릴 해도 괜찮을 테지. 자네는 나를 이해하니까. 그녀가 나를 사랑하게 된 이후로!

이것은 나의 지나친 자만일까, 혹시 잘못 생각하는 건 아닐까? ……로테의 마음속에 깊은 인상을 심어 주기라도 할까 걱정스러운 다른 인물은 없네. 그러나 로테가 그녀의 약혼자에 대한 열정과 사랑을 드러내며 이야기할 때, 나는 명예와 지위를 모조리 박탈당하고 대검까지 빼앗겨 버린 사람과 같은 느낌이 든다네.

7월 16일

어쩌다 내 손가락이 그녀의 손가락에 닿거나, 우리의 발이 식탁 아래에서 맞닿거나 할 때면, 아아, 얼마나 커다란 흥분이 내 혈관을 타고 흐르는지 몰라. 나는 불에라도 닿은 것처럼 얼른 그 손가락이나 발을 움츠렸다가는, 감각의 신비로운 힘에 끌려 다시금 스르르 앞으로 내밀게 되지. 모든 감각이 일시에 마비되어 현기증이 날 지경이라네. 오! 그럼에도 그녀의 천진난만하고 구김살 없는 영혼은 자신의 그런 대수롭지 않은 친근감의 표시가 나를 얼마나 괴롭히는가를 전혀 알지 못한다네. 그뿐인가. 그녀는 이야기를 한창 하는 도중에 자기 손을 내 손 위에 얹기도 하고, 이야기에 열중해서 나에게 몸을 바싹 대기도 하여 그녀의 순수한 입김이 내 입술에 와 닿는 일도 있다네. 그러면 나는 마치 번개라도 맞은 것처럼 넋을 잃고 쓰러질 것만 같다네. 빌헬름, 혹시나 내가 언젠가 감히 이 천국을, 이 신뢰를! 그대는 내 마음을 알겠지? 내 마음은 그리 타락하지는 않았지! 다만 약할 뿐일세! 정말 약하단 말일세! 그러나 이 약하다는 것이야말로 타락이 아닐까?

그녀는 나에게 있어서는 신성불가침의 존재일세. 그녀 앞에 나서면 일체의 욕망이 잠잠해지네. 그녀가 곁에 있으면 내 기분이 어떤지조차도 알 수 없어지네. 영혼의 방향이 완전히 달라져 버리는 것 같은 느낌이 드는 걸세. 그녀는 어떤 멜로디를 마치 천사처럼 소박하고 진지하게 피아노로 연주하네. 그것은 로테가 제일 좋아하는 곡이지. 그녀가 그 최초의 음을 치는 소리가 울리기만 해도 나는 고뇌와 혼란, 그리고 우울로부터 해방된다네.

나는 음악의 마력에 대한 옛이야기가 허무맹랑한 거짓이 아니라고 여기게 되었지. 그 소박한 멜로디가 나의 마음을 얼마나 사로잡는지 아는가! 로테는 내가 이마에 총알을 한 방 쏘고 싶을 때면 노래를 부르곤 하지. 그로써 내 영혼의 미망과 암흑은 홀연히 사라지고 나는 다시금 생기를 되찾고 호흡을 계속 할 수 있게 된다네.

1900년경 프랑스 초콜릿 포장지에 그려진 베르테르의 한 장면.
"베르테르가 로테의 여동생을 무릎에 앉히고 로테의 피아노 연주에 귀 기울이고 있다."

7월 18일

빌헬름, 사랑이 없는 세계가 과연 우리의 마음에 무슨 의미가 있겠는가? 빛 없는 환등기나 다를 바 없는 걸세! 불 켜진 작은 램프를 끼우면 갖가지 영상들이 하얀 벽면에 나타나지. 그것이 단지 그림자요, 일시적인 환영에 지나지 않는다 하더라도, 우리가 어린애들처럼 신비로운 광경에 가슴 설렌다면, 그것 역시 우리에게 행복을 가져다주는 것일세. 오늘 나는 로테네 집에 가지 못했네. 피치 못할 모임 약속이 있었기 때문이지. 나는 하인에게 대신 로테네 집에 다녀오라고 했다네. 로테 가까이에 다녀온 사람을 내 곁에 두고 싶었던 걸세. 얼마나 조바심을 가지고 그 하인이 돌아오기를 기다렸는지 모른다네. 드디어 그가 돌아오자 나는 가슴 설레도록 반가웠다네. 창피하지만 않았다면, 그의 목을 껴안고 키스를 해 주고 싶었다네.

사람들 말이, 형광석은 햇빛을 흡수해서, 밤이 되어도 얼마 동안은 빛을 발한다고 하더군. 그 젊은 하인이 나에게는 마치 형광석 같은 존재였다네. 그녀의 눈길이 그의 얼굴, 그의 뺨, 그의 윗저고리 단추 그리고 그의 외투깃에 닿았었다고 생각하니, 그 모든 것이 나에게 신성하고 소중한 것으로 여겨졌네. 그 순간, 누가 천 탈러를 준다 한들 그 하인을 딴 사람에게 넘겨주지 않았을 걸세. 그가 내 곁에 있어 주는 것만으로도 나는 더할 수 없이 흐뭇했거든. 제발 비웃지는 말게나. 빌헬름, 무언가가 우리를 즐겁게 한다면 그것이 한갓 환영일까?

7월 19일

"그녀를 만날 거야!"

아침에 눈을 뜨면 나는 이렇게 외진다네. 밝은 마음으로 아름다운 태양을 바라보며 외치지.

"그녀를 만나야지!"

그리고 하루 종일 이것 말고는 아무것도 바라지 않는다네. 모든 것이 이 기대 속에 짜 맞춰지는 걸세.

7월 20일

　나더러 공사를 수행하여 ○○○로 가는 게 좋겠다는 것이 자네의 제안이지만 난 아직 그러고 싶지 않아. 나는 남에게 예속되는 걸 그다지 좋아하지 않잖나. 더구나 알다시피 그 공사라는 사람은 역겨운 인물이잖나. 어머니께서 내가 무슨 일이라도 하기를 바라고 계시다는 자네 글을 읽고, 나는 웃지 않을 수 없었네. 내가 지금 일하고 있지 않단 말인가? 완두콩을 세고 있건 잠두콩을 세고 있건 결국은 그게 그거 아닌가! 세상만사 따지고 보면 다 하잘것없는 것들일세.
　그리고 자기 자신의 열정이나 욕구를 위해서가 아니라, 그저 남이 시키는 대로 뼈 빠지게 일을 하면서 돈이라든가 명예 따위를 얻으려 하는 자들은 한마디로 말해서 바보천치일세.

7월 24일

　그림 그리기를 소홀히 하지 말라고 자네는 충심으로 충고하고 있지만, 그 문제는 잊고 싶네. 바른 대로 말해서, 그 이후로 나는 그림을 거의 그리지 못하고 있는 실정일세.
　이제껏 지금처럼 행복했던 적은 없었다네. 하찮은 돌부리 하나에서 풀잎에 이르기까지 자연에 대한 감수성이 이처럼 충만했던 적은 없었네. 이를 어찌 표현해야 할지 모를 뿐. 상상력이 모자라서 모든 것이 내 영혼 앞에서 아른거리기만 할 뿐, 윤곽조차도 포착할 수가 없네. 그러나 점토나 밀랍이라도 있으면, 뭔가를 만들어 볼 생각이 들 것 같네. 이런 상태가 지속된다면, 점토를 주물럭거리게 될지도 모르겠네. 그래서 완성되는 것이 비록 과자 나부랑이에 지나지 않는다 하더라도 말일세.

　나는 로테의 초상화를 세 번이나 그리려고 했지만 번번이 실패했네. 전에는 꽤 솜씨 있게 그릴 수 있어 행복했었는데 말야. 그래서 한층 더 울화가 치밀어 오르더군. 그 뒤 나는 그녀의 실루엣을 그렸다네. 그것으로 만족할 수밖에 없지.

　7월 26일

　그래요, 친애하는 로테. 만사 잘 알아서 처리할 테니, 부디 일을 더 많이 맡겨 주시오. 될수록 자주요. 그런데 한 가지 부탁이 있소. 내게 보내는 편지에는 잉크를 말리는 모래를 뿌리지 말아 주시오. 오늘은 편지를 입술에 갖다 대었더니, 모래가 씹히네요.

7월 26일

로테를 너무 자주 찾아가지 말자고 몇 번이나 결심을 했는지 모르네. 그러나 그게 지켜질 리 있겠는가! 매일 스스로 유혹에 지고는, 성스러이 맹세를 하는 걸세. 내일은 찾아가지 않겠다고 말일세. 그러다가도 그 내일이 되면, 나는 또다시 피할 수 없는 이유를 찾아내고는 어느새 그녀 곁에 가 있게 되는 걸세. 가령 전날 밤에 로테가 "내일도 오시겠어요?" 하고 말했다면, 그 누가 가지 않고 배길 수 있겠는가? 그녀가 어떤 일을 부탁했을 경우도 있지. 그러면 내가 직접 가서 그녀에게 결과를 알려 주는 것이 예의가 아닌가, 하는 생각을 하는 걸세. 또 어떤 때는 날씨가 하도 좋아서 발하임으로 산책을 나간다네. 거기까지 가고 보면 로테네 집까지는 불과 반 시간이면 갈 수 있거든. 거기서부터 벌써 그곳에 있는 듯한 기분이 드는 걸세. 할머니는 곧잘 자석산 이야기를 들려주셨네. 배가 그 산 가까이 다가가면, 별안간 배 안의 쇠붙이란 쇠붙이는 모두 그 산으로 빨려 들어가는 바람에 뱃사람들은 가엾게도 산산이 흩어진 널빤지를 잡고 버둥거리다 죽는다는 내용이었지.

7월 30일

알베르트가 도착했네. 이제 나는 떠날 생각이네. 그리고 만일 그가 기품 있고 훌륭한 인물이어서, 모든 점에서 내가 그보다 한 수 처진다는 점을 인정한다고 하더라도, 그토록 아름답고 완벽한 여성을 소유하고 있는 그를 눈앞에 두고 본 다는 것은 정말 감당하기 어려운 노릇일세. 소유! 그렇다네, 빌헬름. 어쨌든 그녀의 약혼자가 돌아온 걸세. 그는 훌륭한 청년신사로, 누구나 호감을 갖지 않을 수 없는 인물이네. 다 행히 나는 그가 돌아올 때 마중하는 자리에는 있지 않았네. 만일 그 자리에 있었더라면 가슴이 미어지는 듯한 아픔을 느 꼈을 걸세. 그는 사려 깊은 사람이라, 내가 보는 앞에서는 아 직 한 번도 로테에게 키스를 한 적이 없다네. 하느님, 사려 깊 은 그의 행동에 보상을 내리시길! 그가 로테를 그토록 존중 하고 있기에 나는 그를 경애하지 않을 수가 없네. 그도 나에 게 호의를 보이고 있으나, 짐작컨대 그것은 로테의 작품인 듯하네. 그러한 점에서는 여자들이란 매우 섬세하고 사리분 별을 잘하니 말일세. 한 여자가 자기를 숭배하는 두 남자늘 이 서로 사이좋게 지내도록 할 수가 있다면, 이득 보는 것은 언제나 여자 쪽이거든. 하긴 언제나 그렇게 잘 되어 가지는 않겠지만.

그렇다 하더라도 나는 알베르트에게 경의를 표하지 않을

수 없네. 그의 의젓함은 두드러지게 침착성이 결여된 내 성격과 좋은 대조를 이루고 있네. 그는 감수성도 풍부하며, 로테의 가치도 잘 알고 있네. 불쾌한 감정을 드러내는 일도 별로 없는 듯하네. 불쾌한 감정이야말로 내가 무엇보다도 증오하는 죄악이라는 것은 자네도 알고 있지 않은가.

알베르트는 나를 사려 깊은 인간으로 여기고 있는 모양일세. 로테에 대한 나의 애모, 그녀의 일거수일투족에 대한 나의 열렬한 기쁨, 그러한 것으로 인해 그가 느끼는 승리감은 더욱 커지고 따라서 그는 더 한층 로테에게 사랑을 쏟게 되는 걸세. 그가 때때로 사소한 질투로 로테를 괴롭히고 있지나 않은지, 그런 것은 덮어 두기로 하겠네. 내가 알베르트의 처지라도 질투라는 악마의 손아귀에서 깨끗이 벗어날 수 있으리라고 장담할 수는 없으니까.

그런 것은 어찌되었든, 로테 곁에 있을 수 있는 나의 기쁨은 이제 사라져 버렸네. 내가 어리석었다고 함이 옳을 것인가, 눈이 멀었다고 함이 옳을 것인가? 뭐라고 하든 그게 무슨 상관이랴. 사실 그 자체가 모든 것을 말해 주는 것을! 지금 내가 말할 수 있는 것은, 알베르트가 돌아오기 전부터 이렇게 되리라는 것을 뻔히 알고 있었다는 사실일세. 로테에 대하여 그 어떤 요구도 해서는 안 된다는 것은 알고 있었고 또 아무런 요구도 하지 않았지. 왜냐하면 이토록 사랑스러운 존재를 보면서 아무런 요구도 하지 않고 견딜 수 있는 한도 안에서의 사랑이었던 것일세. 그런데 마침내는 그 약혼자가 나타나서 그녀를 빼앗아가 버리자, 이 바보 같은 인간은 눈이 휘둥그래져 있다네.

나는 이를 악물고 나 자신의 비참한 몰골을 비웃는다네. 그러나 만일 나더러, 단념해라, 어쩔 도리가 없지 않느냐, 라고 말하는 자가 있으면, 나는 그자를 몇 배나 더 비웃어 주겠네. 그런 정신을 가진 인간은 없어져 버리기를! 나는 숲속을 걸어 돌아다니다가 로테네 집으로 간다네. 그러면 알베르트가 정원의 정자에 그녀와 함께 앉아 있다네. 그것을 보면 나는 그만 더 이상 자중할 수가 없어져서, 마음껏 장난기를 발동시켜 어릿광대 같은 짓을 하곤 하는 걸세.

"제발" 하고 오늘 로테는 나에게 말했네.

"어제와 같은 그런 행동은 하지 말아 주세요. 그런 식으로 지나치게 쾌활하게 구시면 어쩐지 무서워져요."

자네에게만 고백하지만, 나는 알베르트가 일이 바쁜 때를 노리고 있다가 그 틈을 타서 얼른 찾아간다네. 그래서 로테가 혼자 있는 것을 보게 되면 항시 마음이 편안해진다네.

8월 8일

용서하게나, 친애하는 빌헬름. 어쩔 도리가 없는 운명에는 얌전히 순종할 수밖에 없지 않느냐고 말하는 그런 인간은 딱 질색이라고 내가 매도했던 것은, 자네를 두고 한 말은 결코 아니었네. 자네도 그러한 부류의 인간이라고 상상조차 하지 않았었지. 그런데 근본적으로는 자네 말이 옳아. 그러나 친구여, 내 한마디만 더 함세. 세상일이란 '이것 아니면 저것'으로 딱 부러지게 결말이 나는 경우는 극히 드문 법일세. 인간의 감정과 행동에는 실로 다양한 변화와 차이가 있는 걸세. 마치 매부리코와 납작코의 중간에 여러 모양이 있는 것과 마찬가지지.

그러니 자네 의견이 전적으로 옳다고 인정하면서도 여전히 내가 '이것 아니면 저것'의 중간 사이를 은근슬쩍 빠져나가려 하더라도 제발 나를 나쁘게 생각하지는 말아 주게나.

자네는 어느 쪽이든 결단을 내리라고 말하는 거지? 로테와의 관계에 희망이 있는가 없는가? 희망이 있다면 끝까지 밀고 나가서 소망을 성취하도록 하라. 그러나 희망이 없다면 용단을 내려서, 온힘을 소진하는 불행한 감정에서 벗어나고 탈피하도록 힘써보라는 말이지? 친구여! 그 말인즉 지당하네. 그러나 말은 쉽지만 실천은 어렵다네.

자네라면, 서서히 악화되는 질병으로 하루하루 죽어가는 불행한 인간을 보고, 단검으로 한 번에 그 고통에 종지부를 찍으라고 권유할 수 있겠는가? 환자의 온 힘을 소진시키는 질병은 그 질병으로부터 벗어나고자 하는 용기마저도 빼앗아 가는 것이 아닐까?

자네는 다른 비유를 끌어다 반론을 제기할 수도 있겠지. 즉,

우물쭈물하다가 생명을 위태롭게 하기보다는 상처 난 팔을 끊어버리는 편이 낫지 않느냐고 말일세. 나는 모르겠네! 비유를 끌어다 대면서 논쟁을 벌이는 짓은 그만두기로 하세. 아무튼 빌헬름, 때때로 나는 모든 고뇌를 털어 버리고 뛰쳐나갈 수 있을 것 같은 용기가 치솟을 때가 있다네. 그래서…… 만일 내가 가야 할 곳이 어딘지를 알 수 있다면, 나는 그저 떠나고 싶네.

저녁

언제부턴가 팽개쳐 두었던 일기장을 오늘 무심코 펼쳐 보고 놀랐네. 나는 잘 알면서도 현재의 이런 사태 속으로 한 걸음 한 걸음 빠져들고 있었던 걸세! 나 자신의 입장을 언제나 명확하게 인식하고 있으면서도 어린애같이 처신해 왔네. 지금도 그걸 분명히 알고 있는데도 나아질 기미가 전혀 보이지 않네.

8월 10일

내가 어리석게만 굴지 않는다면, 최고로 행복한 삶을 누릴 수 있을 텐데……. 한 인간의 마음을 기쁘게 해 주기 위하여,

지금 내가 처해 있는 환경만큼 갖가지 조건이 결합되어 있는 일은 별로 없을 걸세. 정녕 우리의 마음만이 우리의 행복을 만들어 내는 것일세. 나는 지금 단란한 가정의 한 식구가 되다시피 해서, 노인들로부터는 친아들처럼 사랑을 받고, 아이들로부터는 아버지처럼 흠모를 받고, 또 로테로부터도! 그리고 성실한 알베르트, 그도 또한 변덕이나 무례한 언동으로 내 행복을 손상시키는 일은 결코 없다네. 그는 진심에서 우러나는 우정으로 나를 감싸 주고 있네. 그는 이 세상에서 로테 다음으로 나를 사랑해 주고 있다네! 빌헬름, 우리가 함께 산책을 하면서 로테에 대한 이야기를 주고받는 것을 누가 옆에서 듣는다면 재미있을 걸세. 세상에서 우리 두 사람의 관계처럼 우스꽝스러운 것이 또 어디 있을까. 그걸 생각하면 나는 때때로 눈물이 핑 돌곤 한다네.

어느 날, 알베르트는 로테의 훌륭한 어머니에 대한 이야기를 나에게 해 주었네. 로테의 어머니는 세상을 떠나면서 집안일과 아이들을 로테에게 부탁했다는 걸세. 이후 로테는 마치 다른 사람이 된 듯 집안일에 대한 배려와 책임감은 진짜 어머니를 방불케 했고, 한순간도 쉬지 않고 바지런히 일하며 동생들을 보살폈다네. 그러면서도 언제나 쾌활하고 상냥한 성품을 그대로 유지해 왔다는 걸세. 그와 나란히 걸어가면서, 길가의 꽃을 꺾어 공들여 꽃다발을 만든 다음, 흘러가는 개울물에 그 꽃다발을 던지고 그것이 천천히 떠내려가는 것을 바라보았네. 자네에게 이미 말했는지 기억이 가물거리지만, 알베르트는 이곳에 정착하여 상당한 급여가 지급되는 궁정의 어떤 관직에 앉게 될 모양일세. 그는 궁정에서 꽤 호감을 사고 있는 터이거든. 매사에 착실하고 부지런하다는 점에서 그와 비견할 만한 자를 나는 별로 본 적이 없네.

요한 크리스티안 케스트너(1741~1800)와 샤로테의 실루엣

8월 12일

분명히 알베르트는 이 하늘 아래 최고의 인간일세. 그런데 나는 어제 그와 한바탕 묘한 논쟁을 했다네. 말을 타고 산에 가고 싶은 생각이 들어서 작별인사를 하러 그의 집에 갔었지. 지금 이 편지는 바로 그 산에서 쓰고 있다네. 그의 방 안을 이리 저리 둘러보다 보니 권총들이 눈에 띄더군.

"여행 중에 호신용으로 사용할 수 있게 저 권총 좀 빌려주겠소?" 하고 나는 말했지.

"좋도록 하세요" 하고 그는 대답하였네.

"허나 총알을 장전하는 수고는 당신이 해야만 합니다. 우리 집에서는 그저 장식용으로 걸어 놓았을 뿐이니까요."

나는 권총 한 자루를 집어 내렸지. 알베르트는 말을 계속하였다네.

"조심한다고 했는데도 어처구니없는 사건이 일어난 후로는, 총기를 만지지 않기로 했지요."

내가 그 사연을 물었네.

"시골에 있는 어느 친구 집에" 하고 알베르트는 이야기를 시작하였네.

"석 달 정도 머문 적이 있었지요. 나는 한 쌍의 소형 권총을 총알도 넣지 않은 채 갖고 있었는데, 그래도 밤에는 아무 걱정 없이 잘 잤답니다. 그런데 비가 내리던 어느 날 오후, 무심히 앉아 있노라니까 어찌된 영문인지 문득 강도가 언제 덮칠지도 모르는데 권총이 필요하지 않을까, 하는 생각이 들더군요. 그런 기분, 당신도 이해하겠지요? 그래서 나는 하인에게 권총을 내주며, 손질을 좀 하고 총알을 장전하라고 일렀어요. 그런데 그 하인이 하녀들과 장난을 치느라고 권총으로 위협하는 시늉을 하다가 그만 권총을 발사하고 말았지 뭡니까. 총구 청소용 꽂을대가 꽂힌 채 발사되었는데, 그 꽂을대가 하녀의 오른손 엄지손가락에 박혀 엄지손가락이 박살이 나 버렸지요. 울고불고 소동이 벌어졌고 나는 치료비까지 물어 줘야 했답니다. 그런 뒤로 나는 총기에는 일절 총알을 장전하지 않고 놓아두기로 했어요. 아무리 조심해 봤자 소용이 없어요. 위험이란 예측할 수 없는 것이거든요. 허나……"

그런데 자네도 알다시피 나는 알베르트란 인물을 무척 좋아하지만, 그건 '허나……' 이런 말을 꺼내기 이전에만 해당하네. 어떤 일반적인 명제라 하더라도 예외가 있는 것은 뻔한 일 아닌가. 그런데 이 인물은 자기 말이 꼭 정론이 되어야만 직성이 풀리는 걸세. 약간 경솔한 말을 했다거나, 일반적인 말, 혹은 불확실한 발언을 했다 싶으면, 그는 먼저 한 말을 제한하거나 수정하기도 하며 한없이 늘어놓아서, 나중에는 어떤 것이 본론인지 모르게 되어 버리곤 하는 걸세. 이번에도 그는 장황하게 파고들며 변론을 벌이는 것이었네. 결국 나는 그의 말에는 더 이상 귀를 기울이지 않고, 엉뚱한 환상에 빠져 권총 부리를 내 오른쪽 눈 위의 이마에다 갖다 대었다네.

"저런!" 하면서 알베르트는 내 손에서 권총을 빼앗았네.

"이게 무슨 짓이오?"

"총알도 없는데요, 뭘!" 하고 나는 말했지.

"총알이 들어 있지 않더라도, 이게 무슨 짓입니까. 나로서는 상상도 할 수가 없어요. 자신을 쏠 정도로 사람이 얼마나 어리석을 수가 있는지…… 생각만 해도 불쾌해요."

"당신과 같은 부류의 사람들은" 하고 나는 외쳤네.

"어떤 일에 대한 이야기를 하면서, 그것은 어리석다, 그것은 현명하다, 그것은 좋다, 그것은 나쁘다, 이런 식으로 말하지요. 그런데 이게 다 무어랍니까? 그렇게 말하면서 어떤 행위의 자초지종을 알아보기라도 했나요? 왜 그런 일이 벌어졌는지, 어째서 그럴 수밖에 없었는지, 그 원인을 명확히 설명할 수 있나요? 만일 그렇게 했다면 그렇게 성급한 판단은 못 내릴 겁니다."

"당신도 인정하겠지요" 하고 알베르트는 말했네.

"어떤 종류의 행위는, 동기가 어떻든 간에 죄악이라는 점에는 변함이 없다는 사실을 말입니다."

나는 어깨를 움츠리며 그의 말에 동의했네.

"그렇지만 말입니다" 하고 나는 응수했지.

"거기에도 어떤 예외는 있겠지요. 도둑질이 죄악이라는

것은 의심할 여지가 없지만, 자기 자신과 가족들이 당장 굶어 죽게 되었을 때, 아사를 모면하기 위하여 도둑질을 했다면, 그자는 동정을 받아야 할까요? 아니면 벌을 받아야 할까요? 정당한 분노가 치받치어 부정한 아내와 그녀의 비열한 유혹자를 살해한 남편, 한때 환희에 차서 이성을 잃고 억누를 길 없는 사랑의 환락에 몸을 내맡긴 소녀, 이들을 향해 누가 먼저 돌을 던질 수 있을까요? 그 냉혈한 같은 우리의 법률마저도 감동하여 형벌을 유보하지 않겠습니까?"

"그건 별문제지요" 하고 알베르트는 대답하였네.

"격정에 사로잡혀 이성을 잃는 인간은 사려분별을 전혀 할 수 없기 때문에, 술 취한 사람이나 미친 사람과 같이 간주되니까요."

"아아, 당신네 이성적인 사람들이여!" 하고 나는 미소를 지으며 외쳤네.

"격정! 취기! 광기! 당신들은 그렇게 말하며 마치 남의 일처럼 태연하군요. 훌륭한 도덕군자들입니다. 술 취한 사람을 나무라고, 정신착란자를 외면하며, 성직자들처럼 그 옆을 지나서는, 바리새인들처럼 자기가 그러한 인간 가운데 하나로 태어나지 않은 것을 하느님께 감사하겠지요. 나는 술 취한 적이 여러 번 있습니다. 격정에 사로잡혀 거의 제정신이 아닌 적도 있었지요. 그러나 나는 어느 경우에 있어서나 후회하지 않습니다. 위대한 업적, 불가능한 것으로 여겨졌던 일을 성취할 비범한 인간들은 옛날부터 모두 주정뱅이라느니 미치광이라느니 하는 지탄을 받았던 사람들이라는 것을 알고 있으니까요. 그러나 자유롭고 고결하며 남들의 상상을 초월하는 일을 어떤 사람이 할라치면, 그 일을 하고 있는 도중에 거의 예외 없이, 저놈은 미쳤어, 저놈은 바보야, 하고 매도를 하니, 이건 정말 참기 어려운 일입니다. 부끄러운 줄을 아시오. 정신이 말짱한 당신네들! 부끄러운 줄을 아시오, 당신네 현명한 사람들이여!"

"그것 역시 당신의 터무니없는 생각에서 나오는 말이지요" 하고 알베르트는 말했네.

"당신은 무엇이나 지나치게 과장을 합니다. 적어도 이번의 경우, 당신의 논리는 부당해요. 지금 문제가 되고 있는 건 자살인데, 그것을 당신은 위대한 행위에 비교하고 있으니 당치 않은 일이지요. 자살은 아무래도 의지가 박약한 행위로밖에는 볼 수 없어요. 왜냐하면, 고통스러운 인생을 꿋꿋이 견디며 살아 나가기보다는 죽어 버리는 편이 편하다는 건 당연한 일이니까요."

나는 그만 논쟁을 끝내려 했네. 남은 진지하게 이야기를 하고 있는데 시답잖은 상투적인 문구를 들고 나오니, 그것처럼 못 견딜 노릇이 없거든. 그런데 그의 이런 말은 전에도 여러 차례 들었고, 나도 몇 번 화를 낸 일이 있으므로, 나는 마음을 가라앉히고 약간 쾌활한 어조로 이렇게 말했네.

"의지가 박약한 행위라뇨, 제발 겉만을 보고 오판하지 마세요. 폭군의 지독한 압정에 시달리고 있던 민족이 마침내 궐기하여 그 압정의 쇠사슬을 끊었을 때, 그것을 당신은 의지가 박약한 행위라 할 수 있나요? 집에 불이 난 것을 보고 놀라서 온몸에 힘이 불끈 솟고, 여느 때에는 생각도 못할 무거운 물건을 번쩍 드는 사람이라든가, 또는 모욕을 당하고 격분해서 여섯 사람을 상대로 싸워 그들을 때려눕히는 사람, 그러한 사람들을 의지가 박약한 인간이라고 해야만 옳단 말입니까? 그리고 또 노력하는 것이 꿋꿋한 행위라면 지나친 긴장이 어째서 그 반대가 되어야만 한단 말입니까?"

알베르트는 내 얼굴을 물끄러미 들여다보며 말했네.

"기분나빠하지 말아요. 방금 당신이 든 예는 이 경우에는 전혀 합당치 않은 것으로 생각되는군요."

"그럴지도 모르지요" 하고 나는 말했네.

"나는 연상하는 것이 때때로 엉뚱한 곳으로 뻗어 나간다고 여러 차례 비난을 받기도 했어요. 그렇다면 보통의 경우라면 즐거워야 할 인생을 포기해 버리려고 결심하는 사람의 마음이 어떤 것인지, 그것을 나른 방법으로 상상할 수가 없는지, 우리 한번 생각해 봅시다. 요컨대, 우리는 공감할 수 있는 범위 안에서 어떤 사항에 대한 이야기를 할 만한 자격이 있는 것이니까요. 인간의 본성에는 한계가 있는 겁니다. 기쁨이나 슬픔, 고통 등도 어느 정도는 견뎌 낼 수가 있지만, 한계를 넘어서면 파멸하고 맙니다. 이건 사람이 약하다든가 굳세다든가 하는 문제가 아니라, 자신이 당하고 있는 고통을 어느 정도까지 견뎌 낼 수 있는가 하는 문제지요. 정신적인 면에서나 육체적인 면에서나 말입니다. 그런데 나로서는 정말 이해하기 어려운 게 있어요. 스스로 목숨을 끊는 사람을 비겁하다고 하는 것은, 악성 열병으로 죽는 인간을 비겁한 자라 함이 부당한 것과 마찬가지가 아니냐 이겁니다."

"그건 궤변입니다! 말도 안 되는 궤변입니다!" 알베르트가 외쳤네.

"당신이 생각하듯이 그런 궤변은 아닙니다" 하고 나는 응수를 했지.

"이런 것은 당신도 시인할 테죠. 가령 몸이 몹시 병들고, 기력도 기능도 쇠진해 버려서 어떤 수단과 방법을 다 동원해도 정상적인 삶의 영위가 불가능할 때, 우리는 그걸 죽을병이라 불러야 마땅하겠지요.

그런데 이것을 정신에 적용해 봅시다. 생각을 외곬으로만 하고 끙끙 앓는 인간을 잘 관찰해 보세요. 자기가 받은 갖가지 인상에 사로잡혀 관념이 고정되고, 마침내 격정이 불타올라 냉철한 사고능력을 상실한 끝에 파멸하고 마는 겁니다.

냉철하고 이성적인 인간이 이 불행한 인간의 상태를 위에서 내려다보며, 이래라저래라 말을 해 봤자 아무 소용이 없는 거예요. 건강한 인간이 환자의 병상 곁에 서 있다 하더라

도, 자기 힘을 그 만분의 일도 환자에게 줄 수 없는 것과 마찬
가지지요."

내 말은 알베르트에게는 너무나 일반적인 것이었네. 그래
서 나는 얼마 전에 연못에서 주검으로 발견된 소녀의 일을 그
에게 일깨워 준 다음, 그 이야기를 그에게 되풀이해 주었지.

"착한 아가씨였지요. 집안일을 돌보며, 지극히 좁은 세계
에서 자라났답니다. 낙이라고는 조금씩 저축해서 장만한 나
들이옷을 입고 일요일이면 같은 또래의 친구들과 어울려 교
외로 산책을 나간다거나, 큰 축제일에 무도회에 참석한다거
나, 남들의 평판이며 뒷소문 이야기에 시간 가는 줄 모르고
이웃집 처녀들과 하염없이 수다를 떤다거나 하는 따위가 고
작이었죠. 그런데 이 아가씨의 열정적인 기질은 남자들이 치
켜 주는 것에 자극을 받아 마침내 좀 더 깊은 욕구를 품기 시
작했지요. 여태까지 낙으로 여겨 왔던 일들에 차츰 시들해졌
던 겁니다. 그러다가 마침내 한 남자를 만나게 되었지요. 여
태껏 알지 못했던 감정에 정신없이 끌려들어서, 자기의 모든
희망을 그 남자에게 걸고 주위의 세계를 잊어버렸지요. 자
기에게 유일한 존재인 그 남사 이외에는 아무것도 보이지 않
고, 아무것도 들리지 않고, 아무것도 느끼지 않게 된 상태로,
오로지 유일한 존재인 그 남자만을 그리워하게 된 것입니다.
일찍이 바람이 나서 부질없는 쾌락을 즐기는 따위의 일에 물
든 적이 없는 아가씨였으므로, 그녀의 소망은 오직 그의 아

내가 되는 것이었지요. 지금까지 누려 보지 못했던 모든 행복을 동경해 오던 일체의 기쁨을 그와의 영원한 결합 속에서 찾아내려 한 것입니다. 희망의 실현을 보증하는 거듭된 약속, 그녀의 욕정을 더욱더 자극하는 그의 대담한 애무는 그녀의 영혼을 송두리째 사로잡아 버렸지요. 황홀경 속에서 그녀는 온갖 기쁨을 예감하며, 극도로 긴장된 심경으로 마침내 자기의 소망을 품에 안으려고 두 팔을 벌렸답니다. 그때 애인은 그녀를 버린 것입니다. 그녀는 넋을 잃고 깊은 연못 앞에 멈춰 섭니다. 사방은 온통 암흑이요, 아무런 목적도, 아무런 위안도, 아무런 희망도 없습니다. 오직 그 남자 속에서만 자신의 존재를 느끼고 있었는데, 그 사람에게 버림을 받았으니까요. 자기 눈앞에 있는 넓은 세계도 보이지 않고, 잃어버린 보물을 보상해 줄는지도 모르는 수많은 사람들도 눈에 들어오지 않는 겁니다. 온 세상으로부터 버림을 받고, 혼자 외톨이가 된 자신을 느낍니다. 그리하여 눈앞이 캄캄해지고, 견디기 어려운 마음의 고통을 이기지 못하여 연못에 몸을 내던집니다. 자기를 감싸 줄 죽음 속에서 모든 고뇌를 잠재워 버리려고 말입니다. 알베르트, 많은 사람들의 운명이 이러합니다. 아까 말한 병자의 경우와 이치는 마찬가지가 아니겠어요? 서로 얽히며 싸우는 갖가지 힘의 미궁 속에서 생명의 탈출구를 찾아내지 못하여 결국 그 인간은 죽을 수밖에 없는 것입니다.

이것을 곁에서 보고 있다가, '바보 같은 여자로군! 기다리면 될 텐데. 시간이 흐르면 절망도 진정될 것이요, 자기를 위로해 줄 다른 남자도 나타날 텐데 말이야.' 이런 소리를 하는 자는 저주를 받아 마땅할 거요. 그것은 '저 녀석은 바보야, 열병으로 죽다니! 체력이 회복되고 정력이 되살아나서, 광란이 진정될 때까지 기다리고 있으면 될 텐데. 그러면 만사가 다 호전되고 지금까지도 살아 있을 텐데 말야' 하는 것이나 다름없어요."

알베르트는 이 비유도 납득할 수 없는 모양으로, 여전히 몇 마디 반론을 제기했네. 그러면서 그는 이런 말을 했네. 즉, 내가 말한 것은 한낱 무지한 여자의 얘기로, 만일 그렇게 외곬으로만 치달리지 않고 좀 더 넓게 생각하는 분별력을 가졌던들 그 지경이 되지는 않았을 거라는 걸세.

"알베르트" 하고 나는 소리쳤네.

"인간은 다 마찬가지랍니다. 얼마쯤 이성을 지니고 있다고 해도, 걷잡을 수 없는 열정으로 한계에 몰렸을 때는 거의, 아니 전혀 도움이 되지 않습니다. 더욱이……, 이 이야기는 다음 기회에 다시 하기로 합시다."

그렇게 말하며 나는 모자를 집었네. 아아, 내 가슴은 터질 것 같았네. 이리하여 우리는 서로 이해하지 못한 채 헤어졌지. 남을 이해한다는 것은 참으로 어려운 일인 것 같네.

8월 15일

이 세상에서 사랑보다 더 사람에게 필요한 것은 없을 걸세. 로테는 나를 잃는 것을 두려워하고 있다네. 나는 그것을 그녀의 태도에서 느낄 수가 있네. 아이들도 내가 날마다 찾아 주리라는 것을 조금도 의심치 않는다네. 오늘 나는 로테의 피아노를 조율해 주러 갔었는데, 그 일은 실상 하지 못했네. 아이들이 이야기를 해 달라고 졸랐고, 로테도 아이들의 청을 들어 주라고 했기 때문일세. 나는 아이들에게 저녁 빵을 잘라 주었지. 아이들은 이제 내가 빵을 잘라 주어도 로테가 주는 것과 마찬가지로 기꺼이 받아먹는다네. 그런 다음에 나는 골방에 갇힌 공주 이야기를 해 주었네. 그것은 내가 곧잘 해 주는 이야기로, 공주가 굶어죽을 지경이 되었을 때 천장에서 여러 개의 손이 내려와서 먹을 것을 주었다는 내용이지. 얘기하면서 나는 배우는 게 많다네. 아이들이 내 이야기를 듣고 어찌나 깊이 감명을 받는지 깜짝 놀라지 않을 수 없었네. 이야기 속의 세세한 대목은 창작해서 들려주기도 하는데, 먼저 했던 것을 잊고 좀 다른 소리를 하면, 아이들은 곧 지난번에는 그렇지 않았다고 말하는 걸세. 그래서 지금은 조금도 틀리지 않게, 마치 노래라도 부르듯이 정확하게 암송하는 연습을 하고 있다네. 여기서 한 가지 깨달은 점이 있는데, 저작자가 자신이 지어서 일단 출판했던 책을 개정해서 재판

을 내면, 설령 예술적으로는 더 나아졌다 하더라도 그 저서
는 반드시 손상을 입게 마련이라는 걸세. 독자들에게는 아무
래도 첫인상이 좋은 법이거든. 인간은 아무리 엉뚱한 이야기
라도 그대로 받아들일 수 있게끔 생겨먹었단 말일세. 더구
나 일단 받아들여진 인상은 곧 머릿속에 달라붙어서 떨어지
지를 않는 걸세. 그것을 수정하거나 말살해 버리려는 자들이
참 안타깝네 그려.

8월 18일

인간을 행복하게 해 주는 것이 어떻게 동시에 불행의 원천
이 되어야 한단 말인가?

내 마음 속에 충만해 있는 생동하는 자연에 대한 열렬한 감
정은 나로 하여금 기쁨에 넘치도록 하면서 나를 둘러싼 세계
를 낙원으로 변모시켜 주고 있었는데, 그것이 지금은 가혹한
박해자요, 고뇌의 정령이 되어 어디를 가나 나를 따라다니
네. 일찍이 바위 위에서 강 건너 저쪽 언덕으로 이어진 풍요
로운 골짜기를 굽어보며 내 주위의 모든 것이 싹트고 생기에
넘치는 것을 바라보았을 때, 또 기슭에서 산봉우리에 이르기
까지 큰 나무들이 울창하게 뒤덮여 있는 저 산들과 아름다운
숲 그늘 아래 구불구불 뻗어 있는 저 골짜기들을 바라보았을

때, 조용히 흐르는 시냇물은 소곤대는 갈대 사이를 미끄러지 듯 빠져나가면서 다정스런 저녁바람이 일렁일렁 불어 보내는 사랑스러운 구름을 그 수면에 비추고 있었지. 그리고 새소리는 사방에서 들려오고, 모기떼는 마지막 타오르는 저녁의 붉은 햇살 속에서 힘차게 춤을 추고, 풍뎅이들은 태양의 마지막 섬광을 받으며 풀숲에서 해방되어 붕붕거리면서 날아다녔었지. 나를 둘러싼 웅성거림에 이끌리어 땅 위로 시선을 돌리면, 내가 서 있는 단단한 바위에는 이끼가 달라붙어 양분을 빨아들이고, 메마른 모래언덕의 사면에는 저 멀리 아래쪽까지 관목이 자라 있어서, 자연 속에서 불타오르는 성스러운 생명의 모습을 펼쳐 보여 주었지. 그때 나는 이러한 모든 것들을 내 뜨거운 가슴 속에 감격적으로 받아들이고, 넘치는 풍요로움 속에서 나 자신이 신이 되기라도 한 것 같은 느낌에 잠기기도 했다네. 그리하여 무한한 세계의 갖가지 장려한 모습들이 내 영혼 속에서 활기에 넘쳐 약동했네. 거대한 산들이 나를 둘러싸고 있었고, 깊은 연못이 내 눈앞에 가로놓여 있었으며, 골짜기를 흐르는 맑은 물은 소용돌이치며 아래로 떨어져 내려서 내 발 아래로 흘러갔고, 숲과 산에 메아리가 울려 퍼지고 있었네. 그때 나는 구명할 수 없는 그 모든 힘들이 대지의 밑바닥에서 서로 뒤섞이며 작용하는 것을 보았네. 그렇게 하여 창조된 온갖 생물들이 지금 이 대지 위를 뒤덮고, 하늘 아래서 꿈틀거리고 있는 걸세. 생명을 지닌 것들이 천태만상으로 이 세계에 가득 차 있단 말일세. 그런데 인간은 그 조그마한 집에 모여 살면서 몸의 안전을 도모하고, 거기에 보금자리를 틀고 있는 주제에 넓은 세계를 지배하고 있는 줄 알고 있는 걸세! 오, 가엾고 어리석은 존재여! 너는 스스로 너무도 작기 때문에 만물을 그와 같이 우습게 보는 것이다! 그러나 영원한 창조자의 영혼은 근접할 수 없는 산악에서 전인미답의 황야를 넘어 미지의 대양의 끝에 이르기까지 충만해 있으며, 그것을 느끼며 삶을 영위하고 있는 온갖 생물을, 티끌과 같은 존재에 이르기까지도 기뻐하시는 거라네. 아아, 그때 나는 머리 위를 날아가는 학의 날개를 빌어, 망망한 대해의 저 건너편 기슭으로 얼마나 날아가고 싶어했는지 모른다네. 신의 술잔에서 거품을 일으키며 넘쳐나는 더없는 생명의 환희를 마시고, 단 한 순간이나마 만물을 자신의 내부에서 스스로 창조해 내고 있는 지고하신 분의 지극한 행복을 맛보기를 얼마나 갈망했는지 모른다네.

　친구여, 그 당시를 회상하는 것만이 내 기억을 북돋우어 주는 일이라네. 형언할 수 없는 그 무렵의 감정을 되새겨 보려는 노력만으로도 내 영혼은 승화되고 고양된다네. 그러나 이윽고는 현재 나를 둘러싸고 있는 환경의 불안함을 더한층 절실히 느끼게 된다네.

　내 영혼 앞에 드리워져 있던 장막 같은 것이 걷혀 버린 듯싶네. 무한한 생명의 무대는 이제 내 눈앞에서 영원히 입을 벌리고 있는 깊고 깊은 무덤으로 변해 버린 걸세. 모든 것은 흘러가고, 모든 것은 번개처럼 빠르게 사라져 가네. 그 지극히 짧은 동안의 존재조차 온전히 누리는 일도 없이 거센 급류 속에 휩쓸리는가 하면, 물밑에 가라앉기도 하고, 바위에 부딪혀 으스러져 버리기도 하는 걸세. 그런데 자네는 어떻게 '이것은 존재한다'고 말할 수가 있는가? 한순간 한순간이 자네와 자네 주위의 사람들을 좀먹어 가고 있는 걸세. 한순간 한순간마다 자네 자신이 파괴자가 되고 있으며, 또 그렇게 되지 않을 수 없는 걸세. 산책을 할 때만 해도 무심코 수많은 벌레들의 생명을 빼앗고 있지 않은가. 한 발자국을 내딛다가 공들여 쌓아올린 개미들의 전당을 무너뜨려, 그 작은 세계를 참혹한 무덤으로 만들어 버리지 않는가. 어쩌다가 일어날 뿐인 세계적인 대재앙이나 마을들을 휩쓸어 버리는 홍수, 도시를 삼켜 버리는 지진, 나는 결코 그런 따위의 일을 두려워하고 있는 게 아닐세. 자연의 온갖 사물 속에 잠재되어 있는 소멸시키는 힘, 이것이 내 마음의 터전을 파헤쳐 무너뜨리는 걸세. 자연 속에서 창조된 일체의 것은 예외 없이 자기의 이웃과 자기 자신을 파괴하고 있는 걸세. 나는 불안해서 현기증이 난다네. 하늘과 땅, 그리고 거기서 작용하고 있는 것은, 영원히 집어삼키고 영원히 되새김질하는 괴물뿐이라네.

8월 21일

아침에 가슴 답답한 꿈에서 어렴풋이 눈을 뜨면, 나는 헛되이 그녀를 찾아 두 팔을 내뻗는다네. 그녀와 나란히 초원에 앉아 그녀의 손을 잡고 거기에 수없이 키스를 퍼붓는 착각에 빠져 한밤중의 침대 속에서 나는 헛되이 그녀를 찾는다네. 아아, 그리하여 아직도 덜 깬 꿈속에서 그녀를 더듬다가 퍼뜩 제정신이 들면 미어지는 듯한 마음에서 눈물이 솟구쳐 오르는 걸세. 그리하여 나는 절망 속에서 어두운 내일을 생각하며 엎드려 운다네.

8월 22일

불행한 일일세. 빌헬름, 내 활동력은 불안스러운 나태로 변해 버렸네. 그렇다고 언제까지나 이런 허탈상태에 빠져 있을 수도 없는데, 일이 손에 잡히지 않아 큰일일세. 나에겐 이제 사고능력도 없고, 자연을 감상할 흥취도 없네. 책 따윈 더구나 진절머리가 나네. 자기 자신을 상실한다는 것을 뜻하지. 거짓말도 아니고 과장도 아닐세. 때때로 나는 날품팔이꾼이 되고 싶은 생각이 드네. 아침에 눈을 떴을 때 그날 하루의 목표가 명백하고, 자신을 긴장시키는 그 무언가를 기대하는 마음을 지닐 수 있을 테니까. 나는 때때로 알베르트가 부럽다네. 서류 속에 파묻혀 있는 그가 나라면 얼마나 좋을까 하는 상상을 하곤 한다네. 나는 벌써 몇 번이나, 자네와 장관에게 편지를 내어 공사관에 자리를 하나 얻어 달라고 할까 생각했었지. 그런 자리라면 거절당하지 않을 것 같았고, 자네도 또한 보증해 줄 걸로 믿고 있었기 때문일세. 그전부터 장관은 나를 아껴 주었고, 어떤 자리에든 앉아서 실무를 보라고 권유해 왔거든. 한순간 그럴까 하는 마음이 들다가도 이내 생각이 달라지곤 하네. 어떤 말이, 자신이 누리는 자유가 지겨워져 제 몸에 안장과 마구를 얹어 달래서 사람을 태우고 다니다가, 마침내 지쳐 쓰러지고 말았다는 그 우화가 생각나서, 어떻게 해야 좋을지 갈피를 못 잡게 되고 마는 걸세. 친구여! 환경의 변화를 구하는 마음은 초조감에서 비롯된 것이 아닐까? 그리고 그것은 어디를 가나 나를 뒤쫓아 오는 것이 아닐까?

8월 28일

내 병이 고쳐질 수 있는 것이라면, 그것을 고쳐 줄 사람은 틀림없이 이들일 걸세. 오늘은 내 생일일세. 아침에 일어나자마자 알베르트로부터 소포가 배달되었다네. 포장을 열자

곧 바로 눈에 띈 것이 분홍색 리본이었네. 로테를 처음 만났을 때 그녀의 가슴에 달려 있었던 것으로 그 후에 몇 번인가 그녀에게 졸라서 내가 얻으려 했던 것이지. 그리고 12절판의 문고본이 두 권 들어 있었네. 베트슈타인 판의 호메로스로, 산책을 하면서 무거운 에르네스티 판을 들고 다니기가 거추장스러워서 벌써부터 갖고 싶었던 책이지. 이런 식으로 이 사람들은 내 소망을 미리 알고서, 알뜰한 우정을 나타내는 조그마한 선물을 찾아내어 준다네. 이러한 성의는, 보낸 사람의 허영심에 받는 사람이 굴욕감을 느끼게 되는 그런 값비싼 선물보다는 천 배나 더 귀중한 것이지. 나는 그 리본에 수없이 입술을 갖다 대었네. 그리고 숨을 내쉬고 들이쉴 때마다 그 즐거웠던 날들, 다시는 돌아오지 않을 짧은 그 시절의 행복한 추억들을 되새겼다네. 빌헬름, 그러나 불평은 하지 않겠네. 인생의 꽃이란 환상에 지나지 않는 거니까. 얼마나 많은 꽃들이 흔적조차 남기지 않은 채 떨어져 버렸는가. 열매를 맺는 꽃은 지극히 적고, 열매를 맺어도 온전히 익는 것은 더구나 더 적은 걸세. 그렇다고 익은 과일이 전혀 없었던 건 아니었네. 그런데도…… 아아, 친구여! 우리가 그 익은 열매를 대수롭지 않게 여기고 맛도 보지 않은 채 썩혀 버려도 괜찮은 걸까?

잘 있게. 멋진 여름일세. 나는 곧잘 과일을 따는 긴 장대를 들고 로테의 과수원 나무에 올라가 높은 가지에 달려 있는 배를 딴다네. 그러면 로테는, 그 아래에 서 있다가 내가 떨어뜨려 주는 배를 받는다네.

8월 30일

불행한 자여! 너는 바보가 아닌가? 자기 자신을 속이고 있는 게 아닌가? 미칠 것만 같은 이 끝모르는 열정은 도대체 어찌된 것인가? 나는 이제 그녀에 대한 기도밖에 딴것은 알지 못하게 되어 버렸네. 내 머릿속에 떠오르는 것은 그녀의 모습뿐이라네. 그리고 그런 식으로 공상에 잠겨 있으면 나는 행복한 몇 시간을 누릴 수가 있다네. 그러나 이윽고 나는 그녀에 대한 생각을 떨쳐 버려야만 하는 걸세! 아아, 빌헬름! 내 마음은 나를 어디로 몰아가려 하는 것일까? 그녀 곁에서 두 시간이고 세 시간이 흘러가면 그녀의 모습, 그녀의 거동 그리고 그녀의 고상한 말에 황홀해져 있다가도 차차 모든 감각이 긴장되어 눈앞이 캄캄해지고 귀가 먹먹해지며, 암살자의 손이 목을 조르는 것 같은 느낌이 든다네. 그리하여 내 심장은 숨 막히는 감각을 완화시키려고 세차게 고동치는데, 그것이 오히려 감각의 혼란을 더 가중시킬 뿐이라네. 아아, 빌헬름! 그러면 나는 자신이 이 지상에 있는지 없는지도 모르게 되어 버리는 걸세. 때때로 가눌 길 없는 슬픔에 압도되어 있을 때, 로테의 손에 얼굴을 묻고 실컷 울어서 가슴 속의 괴로움을 풀어 버릴 수 있는 슬픈 위안이라도 허락되지 않으면, 나는 그 자리에서 도망쳐 나와 버리지 않을 수 없네. 그리하여 먼 들길을 헤매고 다닌다네. 가파른 산을 기어오르고, 길도 없는 숲속을 헤매고 다니다가 덤불에 긁혀 상처가 나고 가시에 찔리기도 하는데, 그러고 나면 속이 후련해지는 걸세. 그야말로 얼마쯤 말일세! 그러다가 도중에 피로와 갈증 때문에 몇 번이나 쓰러져 눕곤 한다네. 보름달이 하늘 높이 떠오르면, 상처 입은 발바닥 때문에 잠깐이나마 쉬려고 고요한 숲속의 구부러진 나무뿌리 위에 앉는다네. 난 지친 데다 긴장이 풀려 어슴푸레한 달빛 속에서 꾸벅꾸벅 잠들어 버리지. 아아, 빌헬름! 수도원과도 같은 쓸쓸한 작은 방, 그리고 참회의 수도복에 가시덤불의 허리띠, 그것이 내가 마음속으로 동경하며 갈구하는 위안인 것만 같네. 잘 있게! 이 비참한 상태의 종말은 무덤밖에는 없을 것 같네.

9월 3일

나는 여기를 떠나야 하네! 고맙네. 빌헬름. 흔들리는 내 결심을 자네가 굳혀 주었으니 말일세. 벌써 2주일 전부터 그녀 곁에서 떠나야겠다는 생각을 줄곧 해 왔으면서도 결단을 못

내렸는데, 이젠 정말 떠나야겠네. 그녀는 시내의 아는 부인 집에 가 있네. 그리고 알베르트는…… 그리고……어쨌든 나는 떠나야겠네.

9월 10일

참 힘든 밤이었네! 빌헬름, 지금 나는 모든 것을 극복했다네. 이제 다시 그녀를 보는 일은 없을 걸세. 아아, 자네 목을 끌어안고 실컷 눈물을 흘리며, 내 가슴 속에서 몰아치는 갖가지 생각을 마음껏 하소연할 수 있으면 좋으련만! 나는 지금 마음을 진정시키려 애쓰면서 아침이 되기를 기다리고 있다네.

아아, 그녀는 편히 잠들어 있네. 다시는 나를 보지 못하리라는 것은 꿈에도 모르고 있을 걸세. 두 시간 동안이나 대화를 나누면서도 나는 마음을 굳게 먹고 내 계획을 발설하지 않았네. 아아, 정말 기막힌 대화였어!

알베르트는 저녁식사 후 곧 로테와 함께 정원으로 나오겠노라고 약속을 했었지. 나는 언덕의 밤나무 아래에 서서 언제 다시 볼지 모르는 그리운 골짜기, 조용히 흐르는 강물 저 너머로 지는 해를 바라보고 있었네. 지금까지 나는 몇 번이나 그녀와 함께 이곳에서 그 장엄한 광경을 바라보곤 했었지. 그러나 지금은…… 내가 좋아하던 가로수 길을 오락가락해 보았네. 내 마음을 이끄는, 뭐라 형언할 수 없는 정취가 어리어 있어서, 아직 로테를 알지 못했을 때부터 나는 곧잘 이곳에서 발길을 멈추곤 했었다네. 그리고 서로 알게 된 지 얼마 지나지 않아서, 우리가 다 같이 이곳을 좋아하고 있다는 것을 알고는 무척이나 기뻐했었지. 확실히 이곳은 내가 본 곳 중에서는 가장 낭만적인 장소일세.

우선 밤나무들 사이로 전망이 탁 틔어 있다네. 여기에 대해서는 자네에게 벌써 꽤 여러 번 이야기한 것 같군. 너도밤나무숲이 병풍처럼 둘러싸고, 그에 이어져 있는 우거진 나무들로 가로수 길은 더욱더 어두워지는데, 그 끝에 아늑한 장소가 있지. 거기엔 섬뜩할 정도의 정적이 깃들여 있다네. 지금도 기억하고 있는데, 내가 어느 날 한낮에 처음으로 이곳에 발을 들여놓았을 때, 나는 가슴이 뭉클해짐을 느꼈지. 그리고 이곳이 장차 내 행복과 고뇌의 무대가 될 것 같은 예감이 어렴풋이 들었다네.

내가 약 반 시간쯤 이별과 재회의 애달프고 달콤한 상념에 잠겨 있으려니까, 두 사람이 언덕을 올라오는 발소리가 들렸네. 나는 얼른 달려가서 그들을 맞이하고, 일종의 전율을 느끼면서 그녀의 손을 잡고 거기에 키스를 했네. 우리가 언덕 위에 오르자, 때마침 달이 울창한 언덕 너머에서 떠오르기 시작하였네. 잡담을 나누며 걷다 보니, 어느새 어두운 정자에 이르렀네. 로테는 정자 안으로 들어가 앉았고 알베르트가 그 옆에 앉았네. 나도 앉기는 했지만 마음이 안정되지 않아서 그대로 앉아 있을 수가 없었네. 나는 일어나서 그녀 앞을 이리저리 왔다 갔다 하다가 다시 앉았네. 어쩐지 몹시 불안한 기분이었네. 로테는 달빛의 아름다움을 감상하도록 우리의 주의를 환기시켜 주었네. 달은 너도밤나무 숲의 꼭대기에 걸려 우리 앞에 펼쳐진 언덕을 구석구석 비추고 있었네. 참으로 아름다운 광경이었네. 우리가 있는 장소가 깊은 암흑에 싸여 있어서 그곳은 더욱 두드러져 보였네. 이윽고 로테가 말문을 열었네.

"달밤에 산책을 하면, 저는 언제나 돌아가신 분들 생각이 나요. 자꾸만 죽음이라든가 내세에 대한 생각을 하게 되는 거예요. 우리도 언젠가는 저세상에 갈 게 아니에요?"

로테는 뭐라 말할 수 없는 감정이 어린 목소리로 말을 이었네.

"베르테르, 우리는 저세상에서 다시 만나게 될까요? 서로가 알아볼 수 있을까요? 어떻게 생각하세요?"

"로테" 하며 나는 눈에 눈물이 그득한 채 그녀의 손을 잡았네.

"우리는 다시 만나게 됩니다! 이세상에서나 저세상에서나 다시 만나게 되고말고요!"

나는 그 이상 말을 계속할 수가 없었네. 빌헬름, 내가 애달픈 이별을 가슴 속에 숨기고 있을 때 그녀가 나에게 그런 말을 하다니!

"돌아가신 그리운 사람들은 우리가 어떻게 지내고 있는지 알고 있을까요?"

로테는 말을 계속하였다네.

"우리가 몸성히 잘 있으면서, 변함없이 그분들 생각을 하고 있다는 걸 알고 있을까요? 아아! 조용한 저녁 무렵, 어머니의 아이들, 곧 제 동생들과 같이 있을 때, 아이들이 어머니에게 했던 것처럼 제 둘레에 모여들 때마다 어머니가 임종하실 때 '아이들을 어머니처럼 돌보겠어요'라고 했던 그 약속을 제가 정성껏 지키고 있는 모습을 어머니께서 보셨으면 하고 생각한다는 걸 말이에요. 저는 이렇게 중얼거린답니다. '그리운 어머니, 만일 제가 아이들에게 어머니만큼 좋은 어머니 노릇을 못 하고 있다면 그 점은 용서해 주세요. 아아! 그렇지만 저는 제가 할 수 있는 최대한의 노력을 하고 있어요. 아이들에게 옷을 입혀 주고, 빵을 먹여 주고, 그리고 또 이게 가장 중요한 일인데, 아이들을 잘 다독거려 주며 사랑하고 있어요. 그리운 어머니, 우리가 난란하게 지내는 정경을 보신다면, 아마도 어머니는 하느님께 뜨거운 감사를 드릴 거예요. 어머니께서는 임종 때 아픈 눈물을 흘리며 아이들의 행복을 하느님께 기도하셨으니까요'라구요."

그녀는 그렇게 말했네! 아아, 빌헬름, 그 누가 그녀의 말을 되풀이할 수 있으랴! 생명 없는 차가운 문자로 그 성스러운 정신의 꽃을 어찌 표현할 수 있으랴! 알베르트는 점잖게 그녀의 말을 가로막았네.

"로테, 그런 생각을 너무 골똘히 하면 해로워요. 당신이 곧잘 그런 생각에 사로잡힌다는 것은 잘 알고 있어요. 제발 부탁이니……."

"아아, 알베르트" 하고 그녀는 말했네.

"잊지 않으셨겠지요. 저녁마다 조그마한 둥근 테이블 둘레에 모여앉아 있었던 일 말이에요. 아빠는 아직 여행에서 돌아오시지 않고, 아이들은 재워 놓은 뒤였지요. 당신은 가끔 책을 갖고 오셨지만, 그것을 펼치는 일은 좀처럼 없었지요. 무엇보다도 어머니의 그 기품 있는 영혼과 접촉하는 일이 마음을 사로잡았으니까요. 어머니는 아름답고 다정하고 쾌활하셨으며, 휴식을 모르는 분이었어요. 하느님은 제 눈물을 알아주실 거예요. 저는 침대에서 하느님 앞에 엎드려 '부디 어머니 같은 사람이 되게 해 주소서' 하고 눈물을 흘리며 기도한 적이 한두 번이 아니랍니다."

"로테!" 하고 소리치며 나는 그녀 앞에 무릎을 꿇었네. 내 눈에서 하염없이 흐르는 눈물이 그녀의 손을 적셨네.

"로테, 하느님의 은총이 당신에게 있고, 또 어머니의 영혼도 결코 당신 곁을 떠나지 않을 겁니다!"

"베르테르가 어머니를 생전에 아셨더라면."

로테는 내 손을 꼭 잡으며 말했네.

"어머니는 당신이 인정할 만한 훌륭한 분이었어요!"

나는 까무러칠 것만 같았네. 이토록 자랑스러운 말을 나는 들어 본 적이 없었네. 로테는 말을 계속하였네.

"하지만 어머니는 한창 나이에 돌아가셨어요. 막내가 태어난 지 채 여섯 달이 되기 전이었어요. 오랜 병환도 아니었어요. 어머니는 조용히 운명에 몸을 맡기고 있었는데, 다만 아이들, 특히 막내 일을 생각하며 가슴아파하셨어요. 마침내 임종이 가까워지자 저에게 '아이들을 모두 데리고 오너라' 하셨어요. 저는 아이들을 데리고 들어갔는데, 작은 애들은 아직도 사정을 알지 못했고, 큰 애들은 어쩔 줄 모르고 있었어요. 아이들이 침대 주위에 둘러서자, 어머니는 두 손을 들고 아이들을 위해 기도를 해 주시고, 한 아이씩 차례로 입을 맞춰 준 다음 밖으로 내보냈어요. 그리고 저에게 말씀하셨어요. '저 아이들의 어머니가 되어다오.' 저는 어머니의 손을 잡고 맹세를 했지요. '로테, 이 약속은 지키기가 쉽지 않단다' 하고 어머니는 말씀하였어요. '어머니의 마음과 어머니의 눈을 지녀야만 하는 거야. 그것이 어떤 것인지 너는 잘 알고 있을 거다. 때때로 네 눈에 글썽거리는 감사의 눈물을 보고 나는 그걸 알게 됐지. 네 동생들을 위해서 부디 그런 마음과 눈을 가져 주기 바란다. 그리고 아버지에겐 아내와 같은 정성과 순종하는 마음으로 대하고 위로해 드리도록 해라.' 어머니는 아버지를 찾으셨으나, 아버지는 집에 계시지 않았어요. 슬픔을 못 이겨 괴로워하는 모습을 보이지 않으려고 밖으로 나가셨던 겁니다.

알베르트, 당신은 그때 방에 계셨죠. 어머니는 당신 말소리를 듣고 누구냐고 묻고는, 당신을 곁에 부르셨어요. 그리고 당신과 저를 보시며, 너희 두 사람은 행복할 거야, 함께 행복하게 살아가겠지, 하시고는 안심한 듯이 평온한 눈길을 보내셨어요……."

알베르트는 로테의 목을 끌어안고 키스를 하면서 외쳤네.

"그래, 우리는 행복해! 앞으로도 행복하게 살아갈 거요!"

냉정한 알베르트도 완전히 자제력을 잃고 있었으며, 나도 제정신이 아니었네.

"베르테르." 로테는 다시 말했네.

"그런 어머니가 돌아가셨어요. 이 세상에서 가장 사랑하는 사람을 잃어버리면, 가장 사무치게 느끼는 것은 아이들일 거예요. 아이들은 그 뒤로 '검은 옷을 입은 사람들이 엄마를 데리고 가 버렸어' 하며 오래도록 슬퍼했지요."

로테는 일어섰네. 나는 그제야 제정신이 들어 깜짝 놀라면서 로테의 손을 잡았네.

"그만 돌아가요" 하고 그녀는 말했네.

"밤이 늦었어요."

로테는 손을 빼려 했으나, 나는 더욱 힘을 주어 그 손을 잡왔지.

"우리는 다시 만나게 될 겁니다" 하고 나는 외쳤네.

"우리는 어떤 모습을 하고 있더라도 서로 알아볼 수 있을 겁니다. 난 가겠어요."

그런 다음에 나는 덧붙였네.

"기꺼이 작별하겠어요. 그러나 영원한 이별이라면 도저히 견딜 수 없을 겁니다. 안녕히 계십시오, 로테! 안녕히 계십시오, 알베르트! 우리는 다시 만나게 됩니다."

"내일 말이지요?" 하고 로테는 내 말을 농담으로 돌리며 말했네.

그 '내일'이 어떤 것인지 나는 똑똑히 느꼈다네! 아아, 그러나 로테는 그것을 짐작조차 못하는 걸세. 두 사람은 가로수가 우거진 길을 나란히 걸어갔다네. 나는 그 자리에 선 채 달빛 속을 걸어가는 두 사람의 뒷모습을 바라보고 있었지. 그러고는 땅바닥에 엎드려 실컷 울었다네. 이윽고 나는 벌떡 일어나 언덕 위로 뛰어 올라갔네. 아래를 내려다보니까, 보리수나무 아래 정원 출입구 쪽으로 걸어가는 로테의 하얀 모습이 어렴풋이 보였네. 나는 그쪽을 향해 두 팔을 내밀었지. 허나 그 모습은 사라져 버렸네.

제 2 부

1771년 10월 20일

우리는 어제 이곳에 도착했네. 공사는 몸이 좀 불편해서 2~3일 지체할 모양이야. 그 사람이 까칠하지만 않다면 더 바랄 것이 없으련만, 보아하니 운명이 나에게 가혹한 시련을 내리려 하는 것 같아. 그러나 용기를 내야지! 가벼운 기분을 가지고 있으면 무슨 일이든지 견디어 낼 수 있는 걸세. 가벼운 기분? 이런 말을 쓰다니, 스스로 생각해도 우습군. 아아, 좀 더 경쾌한 기질을 가지고 있었더라면 나는 이 세상에서 가장 행복한 인간이 되었을 텐데. 기가 막히는 일 아닌가! 다른 놈들이 보잘것없는 힘과 재능을 갖고 내 앞에서 으스대며 활보하고 있는데, 나는 내 힘과 재능에 절망하고 있으니 말일세! 저에게 모든 것을 베풀어 주신 하느님, 당신께서는 어찌하여 그 절반 대신 자신감과 만족감을 주시지 않으셨나이까?

참자! 그러면 상황이 나아질 걸세. 친구여, 자네가 옳아. 세상 사람들 사이에서 매일 일에 쫓기며, 딴 사람들이 하는 일이며 그들의 행동을 보기 시작한 이후로 나는 나 자신과 훨씬 더 잘 타협할 수 있게 되었네. 확실히 우리네 인간은 모든 것을 자기 자신과, 그리고 자기 자신을 다른 모든 것과 비교하게 마련인가 보네. 그래서 행복하다, 불행하다 하는 것은 우리가 자기 자신과 비교하는 대상에 따라서 결정되는 걸세. 그러므로 고독같이 위험한 건 또 없는 걸세. 우리의 상상력은 그 본질상 자꾸만 높은 곳으로 올라가려 하며, 또 문학이나 시 같은 것에 스며 있는 내용의 영향을 받아서 인간의 서열을 매기는데, 그러고 보면 자기 자신은 서열의 가장 아래쪽에 있고 자기 이외의 사람들은 모두 자기보다 훌륭하고, 누구나 자기보다는 완전한 것같이 보이게 마련이거든. 게다가 자기가 지니고 있는 모든 것을 상대방에게 첨가하고, 더 나아가서 일종의 이상적인 생활의 즐거움까지를 덧붙이는 걸세. 그리하여 완전무결하게 행복한 인간이 만들어지는데, 알고 보면 그것은 우리 자신이 만들어 낸 창조물에 지나지 않네.

그와는 반대로, 힘이 약하면 약한 대로 전력을 기울여 오로지 앞을 향해 나아가면, 설령 속도가 느리고 멀리 돌아가는 일이 거듭된다 하더라도, 돛을 올리고 노를 저으며 나아가는 다른 자들을 저도 모르는 사이에 앞지르게 되는 걸세. 그리하여 다른 사람들과 어깨를 나란히 하고 나아가게 되거나, 혹은 앞질러 가게 되었을 때에 비로소 진정한 자각과 자신감이 생겨나는 것일세.

11월 26일

여기에서 그럭저럭 지낼 수 있을 것 같네. 다행인 점은 할 일이 많다는 사실일세. 게다가 갖가지 유형의 새로운 인물들이 내 마음속에서 다채로운 연극을 보여 주고 있다네. 나는 C백작이라는 사람을 알게 되었네. 그는 날이 갈수록 더욱 존경하지 않을 수 없는 사람으로, 넓은 식견에 인정이 많은 분일세. 사람을 대하는 태도에서는 우정과 사랑이 넘쳐난다네. 그가 부탁한 일을 내가 잘 처리해 주고 나서 나에게 관심을 갖게 되었다네. 우리가 서로 이해할 수 있다는 사실, 그리고 다른 사람들과 다르게 나하고라면 마음을 터놓고 이야기를 나눌 수 있다는 사실을, 잠깐 얘기를 나누어 보기만 하고 알게 된 것 같네. 또한 나로서도, 나에게 보여 주는 그의 허심탄회한 태도를 뭐라고 칭송해야 좋을지 모를 지경이라네. 무엇보다도 크고 넓은 마음의 소유자가 가슴을 열고 대해 줄 때 가장 참되고 따뜻한 기쁨을 느낄 수 있을 걸세.

12월 24일

예상한 대로 공사는 나를 매우 난처하게 만들고 있다네. 그렇게 고지식한 샌님은 다시없을 걸세. 일거수일투족에 까다롭기가 이루 말할 수 없고 잔소리는 말 많은 아줌마나 다를 바가 없네. 자기 자신에게 만족하는 일이 결코 없고, 누가 어떤 일을 해 주어도 감사할 줄 모르는 위인일세. 나는 깔끔한 일처리를 좋아하고, 일단 끝난 일은 다시 쳐다보지 않는 성미지. 그런데 공사는 내가 써낸 초안을 되돌려주면서 이렇게 말하는 걸세.

"이래도 좋지만, 좀 더 잘 검토해 보게. 좀 더 나은 단어, 더욱 적합한 접속사가 떠오를 거야."

나는 속이 부글부글 끓어오른다네. '그리고'라든가 그밖의 대수롭지 않는 접속사 하나가 빠져도 안 된다는 걸세. 내 문장에는 때때로 도치법이 나오기도 하는데, 이건 그에게 불구대천지 원수라네. 복합문인 경우에는 상투적인 틀에 맞추어 쓰지 않으면 도무지 그 뜻을 이해하지 못하는 거야. 이런 위인을 상대해야 하다니 얼마나 난감한지 모르네.

C백작이 나를 신뢰해 주는 것이 유일한 구원일세. 최근에 그분은 솔직히 나에게 공사의 완고함과 까다로운 태도에 대한 불만을 털어놓았네. 그런 사람들은 자기 자신뿐 아니라 남들까지도 괴롭게 만든다는 거야.

"그러나"하고 백작은 말했네.

"체념하고 순응할 수밖에 없지. 험한 산을 넘는 나그네와 같은 마음으로 말일세. 물론 산이 없으면 길을 가기가 훨씬 편하고 거리도 가깝지. 하지만 현실적으로는 산이 거기 있으니 넘어가지 않을 수 없거든."

공사도 백작이 자기보다는 나에게 더 호감을 갖고 있다는 사실을 감지하고 있는 모양일세. 그게 못마땅해서 기회 있을 때마다 나를 상대로 백작의 험담을 늘어놓는다네. 물론 나는 그에 반대하는 입장을 취하게 되지. 그래서 사태는 점점 더 악화되는 걸세. 어제는 몹시 분개하였네. 백작을 헐뜯으면서, 은근히 나까지 싸잡아 빈정거리는 걸세.

"이런 세속적인 일처리에는 백작도 나름 유능하지. 일도 빠르고 문장도 괜찮거든. 그러나 기초적인 학식이 결여되어 있어. 이건 모든 문장가들에게 공통된 폐단이지."

이렇게 말하면서 그는 '어떤가, 한방 먹었지?' 하는 듯한 표정을 짓는 것이었네. 그러나 나에게 그런 말이 통할 리 없지. 나는 그런 사고방식을 가지고 그런 태도를 취하는 인간을 누구보다도 경멸하니까. 나는 지지 않고 격한 말투로 되받아 주었네.

"백작은 인품으로나 학식으로나 존경하지 않을 수 없는 분입니다. 자기의 정신을 수많은 사물에 적용시키며, 이러한 정신활동을 세속적인 생활에 있어서도 지속해 나가는 일을 그분처럼 성공적으로 이루어낸 예를 저는 일찍이 본 적이 없습니다."

이렇게 말해 주었으나, 공사에게는 우이독경일세. 나는 더 이상 그의 잠꼬대를 듣느라 속을 끓이기 싫었으므로, 그만 그 자리에서 물러나왔네.

이렇게 된 것도 모두 자네들 책임일세. 자네들이 떠들어대서 나에게 굴레를 씌우고, 활동의 공덕이라는 것을 입을 모아 찬양하며 나를 부추겼으니 말일세. 활동이 다 뭔가! 밭에 감자를 심거나, 말을 몰고 도시로 밀을 팔러 가거나 하는 편이 지금의 나보다 오히려 더 나은 걸세. 만일 내 말이 틀렸다면, 나는 아무 말 하지 않고 앞으로 십 년이라도 지금 매여 있는 이 노예선 속에서 뼈가 닳도록 일하겠네.

뿐만 아니라 이곳에서 서로 곁눈질을 하면서 눈치를 보고 있는 비루한 인간들의 한심하고 따분한 모습. 서로 한 발짝이라도 먼저 기어 올라가려고 쉴 새 없이 눈을 번득이고 있는 출세욕. 서글픈 집념을 노골적으로 드러내고 있는 사람들. 가령 여기에 한 여인이 있다고 치세. 그녀는 누구한테나 자기네 가문과 영지에 대한 이야기를 하는데, 그녀를 잘 모르는 사람은 그 이야기를 듣고, 어리석은 여자로군, 대단찮은 가문과 영지를 내세우고 다니다니, 하는 생각을 하게 되는 걸세. 그러나 사실 그 여인은 이 근처 태생으로 서기의 딸에 지나지 않는다네. 이렇게 스스로 망신을 자초하는 분별

없는 족속을 나는 이해할 수가 없네.

　날이 갈수록 더욱 절실히 느끼고 있는 일이지만, 친구여, 자신의 척도로 남을 판단한다는 것은 어리석은 일일세. 나는 나 자신의 일만으로도 힘에 벅차고 가슴 속에 이토록 폭풍우가 휘몰아치고 있으니, 남의 일에는 참견하고 싶지도 않네. 다만 다른 사람들도 나로 하여금 나의 길을 갈 수 있도록 내버려두었으면 하는 것뿐일세.

　무엇보다도 비위에 거슬리는 것은 숙명적인 그 신분관계일세. 물론 나도 계급의 차별이 필요하다는 사실과 나 자신이 그것으로 이익을 보고 있다는 사실은 잘 알고 있네. 다만 내가 이 지상에서 지극히 미미한 기쁨이나 또는 행복을 맛볼 수 있게 된 때에 그런 것에 방해를 받고 싶지는 않네. 요즘 나는 산책길에서 B라는 아가씨를 만나 서로 알고 지내게 되었네. 애교 있는 아가씨로, 딱딱한 격식을 차리는 생활 속에 묻혀 지내면서도 선천적인 순박성을 풍부하게 지니고 있네. 대화를 나누는 사이에 우리는 서로 마음이 통해서, 작별할 때 내가 "댁으로 한번 찾아가도 괜찮겠습니까?" 했더니, 그녀는 아무 거리낌 없이 승낙을 하는 것이었네. 나는 그녀를 찾아갈 적당한 때가 오기를 기다리느라고 조바심이 날 지경이었다네. 그 아가씨는 이 고장 태생이 아니고 아주머니뻘 되는 친척집에서 묵고 있는 중이라네. 그 나이 많은 부인은 인상이 그다지 좋지 못했네. 나는 그 부인에게 신경을 쓰느라

이야기도 주로 부인과 나누었는데, 반시간도 되기 전에 사정을 대충 파악할 수 있었네. 사정이란 나중에 아가씨가 나에게 털어놓아 확실해지긴 했는데, 그 부인은 그 나이에 만사가 여의치 못하다는 걸세. 이렇다 할 만한 재산도 없고 재능도 없으며, 조상의 족보 이외에는 의지할 만한 것이 없다는 걸세. 그녀를 보호해 주는 것은 자신이 몸을 담고 있는 계급뿐이요, 낙이라고는 2층 창문으로 거리를 오가는 사람들을 내려다보는 일 정도라네. 젊었을 적에는 제법 미인이었던 모양으로 마음 내키는 대로 즐기며 지냈다는데, 변덕스러운 성격 때문에 여러 명의 젊은이들을 괴롭혔다는 걸세. 한창때를 지난 후에는 어떤 나이 많은 장교와 동거생활을 했는데, 그의 사랑을 받으며 얌전히 지냈다네. 그 장교는 상당한 생활비를 제공하며 말년을 그녀와 지내다가 세상을 떠났다네. 이제 그녀도 인생의 황혼에 접어들어 혼자가 되었고, 상냥한 조카딸이 아니었다면 누구도 그녀를 거들떠보지 않았을 거라고 하네.

1772년 1월 8일

참 모자라는 사람들일세. 오직 허례에만 사로잡혀 항시 머리를 꽉 채우고 있는 생각은, 어떻게 하면 식탁에서 한 자리라도 더 상석에 앉을까 하는 걸세! 달리 할 일이 없는 것도 아니고. 할 일이 없기는커녕 태산같이 쌓여 있는 실정이지. 사소한 일 때문에 중요한 일이 제대로 진척되지 않는 걸세. 지난주에는 썰매를 타러 갔었는데, 그러다가 또 말썽이 생겨서 모처럼의 즐거움을 잡쳐 버리고 말았네.

어리석은 자들일세. 원래 지위 같은 건 문제가 아니고, 가장 윗자리를 차지하고 있는 자가 최고의 역할을 하게 되는 일은 좀처럼 없는 법인데, 그런 것을 알지 못하는 걸세. 얼마나 많은 왕들이 대신들의 뜻대로 움직이며, 또 그 많은 대신들은 비서관들의 뜻대로 움직이는가! 그렇다면 누가 일인자란 말인가? 나더러 말하라면, 다른 사람들의 의중을 꿰뚫어 보고, 자신의 정열과 능력을 자기 계획을 성취하는 데 발휘할 수 있는 역량이나 지략을 지니고 있는 인간이라 하겠네.

1월 20일

사랑하는 로테, 당신에게 이 편지를 쓰지 않을 수가 없습니다. 지금 나는 시골 어느 농가의 조그마한 방에 있습니다. 눈보라가 휘몰아쳐서 여기로 피해 온 것입니다. 이 우울한 체류지인 D시에서 나와는 별 인연이 없었던 사람들, 내 마음에 전혀 아무런 관련도 없는 사람들 틈을 돌아다니고 있었을 때에는, 당신에게 편지를 쓸 만한 마음의 여유가 전혀 없었습니다. 그러나 지금 이 오두막집에 혼자 적막하게 갇혀 눈보라가 펑펑 쏟아지며 창문이 세차게 흔들리는 속에서, 내가 무엇보다도 먼저 생각한 것은 당신이었습니다. 이 집에 들어선 순간, 당신의 모습, 당신의 추억이, 아아, 로테! 순결하고 따뜻하게 나를 엄습했습니다. 행복한 순간이 다시 떠올랐습니다.

그리운 사람이여, 이렇듯 흐트러진 내 모습을 당신이 보신다면! 내 감각이 얼마나 메말랐는지 모릅니다. 한 순간도 만족스럽지 못하고 한 순간도 즐거운 때가 없습니다! 아무것도, 아무것도 없습니다! 말하자면 나는 요지경을 들여다보고 있는 것 같습니다. 난장이와 조랑말들이 내 눈앞에서 바삐 돌아가며 움직이는 것을 보고 자신에게 물어 봅니다. 혹시 착각이 아닌가 하고 말입니다. 나도 그들처럼 같이 연기를 하고 있으면서, 아니 꼭두각시처럼 조종을 당하고 있으면서, 때때로 곁에 있는 연기자의 나무손을 잡았다가는 소스라치게 놀라곤 합니다. 밤이 되면, 내일은 해가 뜨는 것을 바라보며 즐기리라 결심하지만, 막상 아침이 되면 침대에 그대로 누워 있는 것입니다. 낮에는 또 낮대로, 밤이 오면 달빛을 보며 기뻐하리라 마음먹지만 밤이 되어도 방 안에 그대로 틀어박혀 있는 것입니다. 무엇 때문에 일어나며, 무엇 때문에 잠자리에 들게 되는 것인지 알 수가 없습니다.

내 삶을 발효시켜 부풀게 했던 효모가 없어져 버렸습니다.

창가의 괴테. 빌헬름 티쉬바인, 로마, 1787년.

전에는 마음을 약동케 하는 것이 있어서 밤이 깊어도 졸음을 느끼지 못했고, 아침이 되면 퍼뜩 잠에서 깨어나곤 했습니다만 그런 것이 어디론가 사라져 버린 겁니다.

이 고장에서 가장 여성스러운 한 사람을 만났습니다. B라는 아가씨로, 당신을 닮은 여자입니다. 혹시 누군가가 당신을 닮을 수 있다고 한다면 말입니다. "어머!" 하고 당신은 말하겠죠. "참 아첨도 잘하시는군요." 아닌 게 아니라 그것도 전혀 틀린 말은 아닙니다. 얼마 전부터 나는 남의 비위를 꽤 잘 맞추게 되었습니다. 재담도 곧잘 한답니다. 그래서 이곳 부인네들은 나만큼 칭찬을 잘 하는 사람은 없을 거라고 합니다(그리고 당신은 거짓말도 잘 한다는 말을 덧붙이겠지요. 아무래도 거짓말을 하지 않고는 그렇게 칭찬을 잘할 수가 없으니까요. 그렇지 않습니까). B양에 대한 이야기를 하려는데요, 그녀는 풍부한 영혼의 소유자로, 푸른 눈을 보면 잘 알 수 있습니다. 이 아가씨는 소망을 하나도 이루어 주지 못하는 자기의 신분을 짐스럽게 여기고 있습니다. 그녀는 또 언제나 시끄러운 것으로부터 도피하려 하고 있으므로, 우리는 곧잘 몇 시간씩 순수한 행복에 충만한 전원생활을 상상하면서 시간을 보내곤 합니다. 아아, 그리고 당신에 대한 생각도 물론 빼놓을 수 없지요! 그녀가 당신에 대하여 충심으로 경의를 표한 적이 한두 번이 아닙니다. 의무적으로 하는 것이 아니라, 진심으로 그런 것입니다. 그녀는 언제나 당신에 대한 이야기를 듣고 싶어하며, 당신을 사랑하고 있습니다.

아아, 그 그리운, 그 정다운 방에서 당신 발아래 앉아 있을 수 있다면, 우리의 아이들이 모두 내 주위를 깡충거리며 돌아다녀 주었으면. 아이들이 너무 떠들어서 당신을 귀찮게 하면, 나는 무서운 옛날이야기를 시작해서 애들을 내 주위로 불러들일 텐데.

태양은 찬연한 설경 저 너머로 장렬하게 넘어가고 있습니다. 눈보라도 지나갔습니다. 그리고 나는 또다시 돌아가서 우리 속에 감금되어야만 합니다. 안녕히 계십시오! 알베르트는 당신 곁에 있는지요? 어떻게 지내고 있습니까? 하느님, 이런 질문을 용서하소서!

2월 8일

일주일 전부터 매우 고약한 날씨가 계속되고 있다네. 허나 나로서는 오히려 고마운 기분일세. 왜냐하면 내가 여기에 있는 동안 날씨가 좋은 날이라도, 딴 사람으로 인해 그런 날씨를 잡쳐 버리거나 기분이 언짢아지지 않은 적이 한 번도 없었기 때문일세. 그래서 비가 내리거나 눈보라가 치거나, 아니면 길바닥이 얼어붙거나 눈이 녹아서 진흙탕이 되거나 하면 나는 한시름 놓는다네. '집에 있는 게 바깥 세상에 나가는 것보다 오히려 낫지. 어쩌면 그 반대일 수도 있으련만. 아무튼 잘 된 거야' 하고 말일세. 아침에 해가 떠오르고 날씨가 좋을 듯하면, 나는 언제나 이렇게 외치지 않을 수 없네. '자, 오늘도 녀석들은 또 하늘이 내리신 은총을 저희들끼리 서로 빼앗으려고 다툼이 일어나겠군!' 무릇 그들이 서로 빼앗으려고 다투지 않고 지낼 수 있을 만한 것은 하나도 없지. 건강도 명성도 기쁨도 휴양도. 그것은 대체로 어리석거나 무지하고 좁은 도량 때문인데, 그런 주제에 그들의 말에 의하면, 최선의 호의로써 남을 위해 그런다는 걸세. 때로 나는 그들 앞에 무릎을 꿇고 부탁하고 싶어진다네. 제발 그렇게 미치광이들처럼 자신의 창자를 마구 휘젓는 짓은 하지 말아 달라고 말일세.

2월 17일

공사와 나는 더 이상 서로 용납할 수 없을 것 같네. 그는 도저히 참을 수 없는 사람일세. 그가 일을 처리하는 방식은 참으로 웃기지. 나는 이의를 제기하기도 하지만, 내 나름대로의 판단에 따라 적당히 처리해 버리기도 한다네. 그것이 그의 비위를 건드리는 것은 당연하지. 그런 일로 해서 그는 최근에 나에 대한 불만을 궁정에 보고한 모양일세. 그 결과, 나는 장관으로부터 가볍긴 하지만 아무튼 질책을 받았네. 그래서 사표를 낼 결심을 했지. 그런 참에 장관이 개인적인 편지[5]를 보내 왔다네. 그 편지를 읽고 나는 나도 모르게 무릎을 꿇고, 그 고결하고 깊은 사려에 머리를 숙이지 않을 수 없었네. 장관은 내가 너무나 감성적인 경향이 있음을 훈계한 다음, 활동성이라든가 다른 사람들에 대한 영향, 일을 하는 데 있어서의 철저성 등을 과하기는 하지만 청년다운 기개로 높이 평가하고 그것을 참되게 활용하여 유효한 성과를 거둘 수 있도록 하라고 권고해 주었네. 덕택에 일주일쯤은 용기를 얻고 마음을 진정시킬 수 있었네. 마음의 평화라는 것은 값진 걸세. 그것 자체가 하나의 기쁨이라고 할 수 있지. 친구여, 다만 이 아름답고 귀한 보석이 쉽게 부서지지만 않으면 얼마나 좋을까.

2월 20일

내 사랑하는 이들이여, 하느님이 당신들을 축복하시고, 나는 누릴 수 없는 좋은 날들을 모두 당신들에게 베풀어 주

---

5 이 탁월한 인물에 대한 존경심에서, 여기 언급된 편지와 나중에 또 거론하게 될 편지는 이 편지 모음집에 수록하지 않았습니다. 왜냐하면 독자들이 아무리 따뜻한 감사를 표할지라도 그처럼 도를 넘는 행위는 용서받을 수 없다고 생각하기 때문입니다.(원주)

기를 기원합니다.

알베르트, 당신이 나를 속인 것에 대해서 감사드립니다. 당신들이 결혼날짜를 알려 줄 것을 고대하고 있었습니다. 그 날이 오면 나는 엄숙히 로테의 실루엣 초상화를 벽에서 떼어 내어, 다른 서류들 속에 넣어 둘 생각이었지요. 당신들은 지금 하나로 맺어졌고, 실루엣은 여전히 벽에 걸려 있습니다. 이제 그냥 놓아두렵니다. 이대로 두어서 안 된다는 법은 없으니까요. 그렇습니다, 나는 당신들과 함께 있는 것입니다. 당신에게는 누를 끼치는 일 없이, 로테의 마음속에 있는 것입니다. 나는 그 자리를 지켜나갈 것이며, 그러지 않고는 배길 수가 없습니다. 만일 로테가 나를 잊어버린다면 나는 미치고 말 것입니다. 알베르트, 이 생각 속에는 지옥이 숨어 있습니다. 알베르트, 안녕히 계십시오! 그리고 그대 천사여, 안녕!

3월 15일

이제 더 이상 이곳에 머물 수 없는 불쾌한 일을 당했네. 제기랄! 이 불쾌감은 보상 받을 길이 없다네. 모두 자네들 책임일세. 나를 부추기고, 재촉하고, 졸라서, 마음이 내키지 않는 이 자리에 앉힌 것은 바로 자네들이니까 말일세. 이런 파국을 초래한 근원은 모두 나의 극단적인 사고방식에 있다고, 자네들은 이번에도 그렇게 말할 테니 여기에 자초지종을 있는 그대로 간명하게 적겠네. 연대기의 기록자와 같은 필치로 말일세.

C백작이 나를 아껴 주고 내게 각별하다는 사실은 누구나 다 아는 사실이고, 그대에게도 벌써 몇 번인가 말했었네. 어제 C백작 댁에 식사초대를 받아 갔었다네. 저녁에는 상류사회 신사숙녀들의 파티가 열리기로 되어 있었는데, 나는 그것을 알지 못했고, 나와 같은 하급관리가 그런 모임에 참석할 수 없다는 것도 생각지 못했네. 아무튼 나는 백작과 식사를 같이 하였고, 식후에 홀 안을 왔다갔다하면서 백작과 이야기를 주고받았는데, 마침 들어온 B대령과도 이야기를 나누었네. 그러는 사이에 파티 시간이 다가왔네. 그러나 나는 아무 생각도 못하고 있었다네. 그때 근엄한 S부인이 남편과 더불어 들어왔네. 그들은 거위 같은 딸을 데리고 왔는데, 그녀는 납작한 가슴에 근사한 코르셋으로 허리를 졸라매고 있었네. 이 세 사람은 걸어 들어가면서, 조상 대대로 내려오는 귀족의 거만한 눈매와 콧구멍을 보여 주었네. 이런 족속들을 보면 그야말로 속이 메스꺼워지는 터라, 나는 이를 계기로 그만 물러나와야겠다고 생각하고, C백작이 그들과의 시시한 잡담에서 빠져나오기를 기다리고 있었지. 마침 그때 그 B양이 들어왔네. 이 아가씨를 만나면 언제나 조금은 기분이 밝아지므로, 나는 그대로 머무르면서 그녀의 의자 뒤에 서서

이야기를 나누었지. 그런데 조금 지난 연후에야 비로소 깨달았는데, B양은 나하고 이야기를 하면서도 여느 때와는 달리 뭔가 서먹서먹하고 난처해하더군. 나로서는 참으로 뜻밖이었네. '이 여자도 다른 이들과 매한가지인가', 이런 생각에 맘이 언짢아서 그만 물러나오려 했네. 그러나 나는 한동안 거기에 머물러 있었네. 그녀의 그런 태도가 나의 잘못된 느낌에 지나지 않는다는 것을 확인하고 싶었고, 또 조금 있으면 그녀가 다정한 말 한마디쯤은 해주리라는 기대에서였네. 이러는 사이에 하객들이 모여 들었네. 프란츠 1세의 대관식 무렵의 예복을 입은 F남작, 직책 관계상 귀족 칭호를 받고 있는 궁중 고문관 R과 귀가 어두운 그의 부인. 낡아서 해진 의상을 요즘 유행하는 천으로 기운 초라한 옷차림의 J씨도 빠뜨릴 수 없지. 이러한 무리들이 줄을 이어 들이닥쳤네. 나는 안면이 있는 한두 사람에게 말을 건넸는데, 이상하게도 모두들 말수가 적었네. 왜들 이러는 거지, 하면서 나는 B양 쪽에만 신경을 쓰고 있었네. 그래서 나는 알아채지 못하고 있었는데, 그 사이에 여자들이 홀 한구석에서 수군덕거리고, 그것이 남자들에게로 전파되었으며, 이윽고 S부인이 백작에게 이야기를 해서(이것은 모두 나중에 B양이 나에게 이야기해줘서 알았지), 마침내 백작이 나에게로 걸어왔네. 그리하여 그는 나를 창가로 데리고 가서는, "자네도 알고 있겠지만" 하고 말문을 열었네.

하인리히 아담 부프(1710~1795)의 주택, 베츨라 소재

"우리네 신분상 관례는 아주 미묘하거든. 자네가 이 자리에 있는 것이 모두들 아무래도 못마땅한 모양일세. 나야 아무렇지도 않지만……"

"각하" 하고 나는 말을 가로막았네.

"대단히 죄송하게 되었습니다. 벌써 깨달았어야만 할 일입니다. 각하께서는 저의 이러한 결례를 용서해 주실 줄 믿습니다. 아까부터 그만 물러가야지 물러가야지 하면서도, 미련스럽게 어물거리다가 이렇게 됐습니다."

미소를 지으며 그렇게 덧붙이고 나는 허리를 숙여 인사를 하였네. 백작은 감정이 차오르는 듯 내 손을 잡았는데, 그것으로 모든 말을 대신하고 싶었던 모양일세. 나는 그 고귀한 무리들 사이를 슬며시 빠져나와서, 이륜마차를 타고 M으로 갔네. 그리하여 그 언덕 위에서 넘어가는 해를 바라보며, 호메로스를 펼치고, 오디세우스가 돼지치기에게 대접을 받는 감동적인 대목을 읽었지. 흐뭇한 기분이었네.

해가 진 뒤에, 식사를 하러 시내로 돌아왔네. 레스토랑에는 아직 손님이 별로 없었네. 몇 사람의 단골들이 구석자리에서 테이블보를 치워 놓고 주사위를 굴리고 있었네. 거기에 아델린이라는 고지식한 친구가 들어오더니, 모자를 벗고 나에게로 다가와서 나직한 목소리로 말을 건네었네.

"당신께 화날 일이 있었다면서요?"

"뭐가요?" 하고 나는 되물었지.

"백작이 당신을 파티에서 내쫓았다면서요?"

"얼어죽을 파티!" 하고 나는 말했지.

"밖에 나와서 시원한 바람을 쐬니까 기분이 상쾌해졌어요."

"그렇다면 다행이군요" 하고 아델린은 말했네.

"당신이 대수롭잖게 생각하니까 무엇보다도 다행이에요. 그런데 아무래도 불쾌한 건 벌써 어디를 가나 그 소문이 퍼져 있다는 사실이오."

그 소식을 접하니 비로소 오늘 일어난 일이 충격적으로 되살아나더군. '그렇다면 식사하러 왔다가 내 얼굴을 흘끔거리던 녀석들은 모두 이 때문이었단 말인가!' 분노가 치밀더군.

오늘은 어디를 가도 불쌍한 신세가 되었네. 더구나 나를 시기하고 있던 녀석들이 의기양양해서, '이제 깨달았겠지, 머리가 남보다 좀 뛰어나다고 신분이나 관례를 초월해도 좋은 것처럼 생각하는 거만한 사내가 어떤 꼴을 당하게 되는가를' 하는 식의 온갖 험담을 늘어놓고 있는 것을 들으면, 내 심장에 칼을 꽂고 싶은 심정일세. '남들이 뭐라든 무시해 버리면 그만 아닌가.' 이렇게 말할 수도 있겠지만, 하찮은 건달들이 남의 약점을 잡고 이러쿵저러쿵 지껄여 대는 소리를 꾹 참고 얌전히 듣고 있을 수 있는 인간이 있다면, 얼굴을 한번 보고 싶네. 아아, 험담이 전혀 근거가 없다면야 못 들은 체할 수도 있겠지만.

3월 16일

모든 일이 나를 힘들게 하네. 가로수 길에서 B양을 만났네. 일행에서 조금 벗어나 우리 둘만 남자, 저번 그녀의 태도에 대한 불만을 털어놓지 않을 수 없었네.

"어머, 베르테르" 하고 그녀는 진심어린 목소리로 말했네.

"제가 불안해했던 점을 그런 식으로 받아들이셨어요? 저를 잘 아실 텐데요. 홀에 들어섰을 때부터 선생님 때문에 얼마나 가슴 졸였는지 몰라요. 어찌 될지 뻔히 알 수 있었거든요. 선생님께 귀띔을 할까 몇 번이나 망설였는지 몰라요. S부인과 T부인은 선생님과 동석할 바에야 남편과 함께 되돌아가겠다고까지 했거든요. 그리고 백작께서도 그분들의 의견을 존중하지 않을 수 없는 처지였지요. 그래서 일이 그 지경에 이른 거예요."

"그랬었나요?" 하고 나는 충격을 감추며 반문했네. 그저께 아델린이 나에게 한 말이 그 순간에 열탕처럼 내 혈관 속을 소용돌이쳤네.

"저도 그 이후로 얼마나 가슴이 아팠는지 몰라요" 하고 다정스러운 그 여인은 눈물을 글썽거렸네. 나는 자제력을 잃고, 그녀의 발아래 꿇어 엎드릴 듯이 몸을 구부렸네.

"분명히 말해 주십시오" 하고 나는 외쳤네.

눈물이 그녀의 볼을 타고 흘러내렸네. 나는 제정신이 아니었네. 그녀는 눈물을 감추려고도 하지 않고, 그저 닦아내면서 이야기를 시작하였네.

"저의 아주머니를 아시지요? 아주머니도 그곳에 계시다가 모든 것을 다 보신 거예요! 베르테르, 아주머니는 엊저녁에도 또 오늘 아침에도, 제가 선생님과 교제를 하는 데 대한 설교를 늘어놓으셨어요. 듣고 있을 수밖에 없었어요. 선생님을 변호하려 했지만, 제가 생각한 것의 절반도 말을 할 수가 없었어요. 아주머니가 말도 못 하게 하는걸요."

그 한마디 한마디가 칼끝처럼 내 가슴을 찔렀네. 그녀는 그런 소리를 아예 하지 않는 것이 훨씬 더 은혜로운 일이라는 것을 알지 못했던 거지. 그래서 그녀는 이야기를 더 계속하여, 이런 소문이 퍼질 것이라느니, 전부터 나를 비난하고 있던 사람들은 남들을 대할 때의 내 거만한 태도와 사람을 업신여기는 듯한 거동에 벌을 받은 것이라면서 고소하게 여기고 기뻐할 것이라느니 하는 소리들을, 빌헬름, 진심으로 동정어린 목소리로 들려주었다네. 그 모든 이야기를 다 듣고 나는 허탈상태에 빠졌네. 지금도 미칠 것만 같네. 차라리 누군가가 대놓고 나를 비난한다면, 그놈의 가슴을 단도로 찔러 버릴 수 있으련만. 피를 보면 얼마쯤 마음이 진정될 거야. 아아, 나는 백 번도 더 칼을 손에 쥐었네. 이 답답한 가슴에 바람구멍을 내고 싶었던 걸세. 좋은 혈통을 이어받은 말은 지나치게 흥분했을 때 본능적으로 혈관을 물어뜯어 호흡

을 진정시킨다고 하더군. 나도 그러고 싶어지네. 혈관을 절
개함으로써 영원한 자유를 얻고 싶은 걸세.

3월 24일

나는 궁정원에 사직서를 제출하였네. 아마도 수리될 걸
세. 미리 자네들의 허락을 받지 않은 점은 용서하게나. 어차
피 나는 이 고장을 떠나야 하네. 나를 만류하기 위해 자네들
이 충고할 말도 알고 있네. 이 사실을 우리 어머니께 가능하
다면 좀 전해 주기 바라네. 나 자신을 나로서도 어쩔 도리가
없으니, 내가 어머니께 힘이 되어 드리지 못하더라도 양해
해 주십사 하고. 물론 어머니는 슬퍼하시겠지. 모처럼 아들
이 추밀원 고문관이나 공사가 되고자 발걸음을 내디뎠는데,
이렇게 중도에 실패하고, 망아지처럼 마구간으로 되돌아가
게 된 셈이니까! 아무튼 이 문제에 대해선 자네들 좋을 대로
생각하게나. 내가 유임할 수 있었을 것이라든가, 유임했어
야만 할 것이라든가 마음대로 말해도 괜찮지만, 아무튼 떠
나서 어디로 갈 거냐고 묻겠지? 이 고장에 XX공작이라는 분
이 있는데, 나와 교제해 보고 싶은 생각이 있는 모양일세. 내
결심을 전해 듣고는 함께 자기의 영지로 가서 거기서 아름
다운 봄을 같이 지내지 않겠느냐고 나를 초대해 주었다네.

나 하고 싶은 대로 자유롭게 행동해도 좋다는 약속도 해 주었고, 어느 정도 서로 이해하고 있는 터이기도 해서, 모든 것을 운명에 맡기고 그와 함께 가볼 작정일세.

4월 19일

보내준 두 통의 편지 고맙네. 사표가 수리될 때까지 기다리느라 동봉한 편지도 써 놓기만 하고 답장을 하지 못했네. 어머니께서 장관께 부탁을 하여 내 계획을 방해할지도 모른다는 우려에서 말이야. 그러나 이젠 끝났네. 나의 해임이 재가 되었어. 해임이 허락되기까지 얼마나 우여곡절이 많았는지, 장관이 나에게 어떤 편지를 써 보냈는지, 그런 것들은 이야기하지 않기로 하겠네. 그건 자네들의 새로운 비탄을 유발할 뿐일 테니까. 황태자께서 전별금조로 25두카텐을 하사해 주셨네. 그와 함께 보내 주신 글을 읽고 나는 감격의 눈물을 흘렸다네. 덕택에 전번에 어머니께 부탁드렸던 돈은 필요 없게 되었네.

5월 5일

　내일 이곳을 떠나네. 내가 태어난 곳이 가는 길에서 6마일 정도밖에 떨어져 있지 않아서, 오래간만에 잠시 들러 볼 생각일세. 꿈결처럼 행복하게 지냈던 그 옛날의 날들을 회상해 보고 싶은 걸세. 아버지가 돌아가시고 나서 어머니와 내가 마차를 타고, 정든 고장을 떠날 때 지나온 바로 그 성문을 거쳐서 들어갈 생각이라네. 잘 있게나, 빌헬름! 여행 중에 소식은 전하겠네.

5월 9일

　순례자와 같은 경건한 마음으로 고향 방문을 마쳤네. 뜻하지 않은 여러 감회가 나를 사로잡았네. S마을 쪽을 향해 시내에서 15분 정도 나간 곳에 커다란 보리수가 한 그루 있다네. 그 근처에서 마차를 세우고 내렸네. 걸어가면서 지난 추억을 새로운 기분으로 생생하게 마음껏 되새겨 보고 싶었던 걸세. 그런데 그 보리수 아래에서 걸음을 멈추고 보니, 아아, 이리도 많이 달라졌을까! ……그곳은 옛 소년시절 내 산책의 목적지이고 종착지이도 했는데, 그 무렵에는 아무것도 모른 채 행복에 잠겨 미지의 세계를 동경하곤 했었지. 그 넓은 세계로 나가기를 갈망하고 동경하여 이 가슴을 채워 줄 풍부한 양식과 기쁨을 얻을 수 있으리라고 믿었던 걸세. 그런데 지금, 나는 그 넓은 세계로부터 돌아왔네. 아아, 친구여! 그 많은 희망은 헛되이 사라지고, 다채롭던 계획은 여지없이 허물어져 버렸네. 눈앞에 보이는 저 산들을 향해 나는 수없이 소망을 걸었었네. 몇 시간 동안이나 이곳에 앉아 먼 곳을 동경하며, 정다운 모습으로 눈앞에 다가드는 수풀과 골짜기에 나도 모르게 무아지경에 빠져들곤 했었지. 이윽고 날이 저물어 집으로 돌아가야 할 때가 되어도 나는 이곳을 떠나기가 한없이 아쉽기만 했었네. 시내로 가까이 가면서 나는 낯익은 것들에게 하나하나 마지막 인사를 하였네. 새로 생긴 집은 마음에 들지 않았네. 집뿐이 아니라, 그밖에 여기저기에 보이는 변화가 모두 마음에 들지 않네. 시내로 들어가는 성문을 지나면서부터는 곧 내가 완전히 옛날의 나로 되돌아가는 것을 느낄 수 있었네. 친구여, 너무 장황하게 늘어놓지는 않겠네. 나에게 그리운 것일수록, 이야기를 하면 단조로운 것이 되어 버릴 테니까 말일세. 나는 시장 맞은편, 우리의 옛집 바로 옆에 있는 여관에 묵기로 하였네. 그리로 가는 도중에 발견한 것인데, 그 성실한 노부인이 어린 개구쟁이 우리들을 곧잘 가두어 두었던 교실은 잡화점이 되어 있었네. 그 속에 갇혀서 겪어야 했던 불안과 눈물, 그리고 지루함과 슬픔이 다시 떠올랐네. 한 발짝 걸음을 옮길 때마다 뭔가 다른 추억이 되살아나곤 했네. 성지를 찾은 순례자라 해도 이처럼 숱한 종교적인 회상의 장소를 대하게 되는 일은 없을 걸세. 그리고 또 그 마음이 이토록 신성한 감동으로 충만해지는 일도 드물 걸세. 이야기하고 싶은 일은 수없이 많지만, 한 가지만 더 하겠네. 나는 강을 따라서 어떤 저택이 있는 곳까지 걸어 내려갔네. 여기도 역시 옛날에 내가 곧잘 다녔던 길로, 우리 소년들이 납작한 돌멩이를 물 위에 던져서 물수제비뜨기 시합을 했던 곳이지. 나는 때때로 이곳에 서서 이상한 예감에 가슴을 부풀리며 흘러가는 물길을 따라 시선을 보내곤 했다네. 그때 나는 그 물줄기가 닿을 머나먼 고장, 신비에 가득 찬 세계를 머릿속에 그리고 있었지. 그러다 보면 내 상상력은 한계에 도달하여 더 상상할 밑천이 없어져 버리는데, 그래도 여전히 생각은 앞으로 앞으로 자꾸만 나아가서 마침내 눈에 보이지 않는 먼 세계 속으로 들어가 망연해지곤 했었지. 친구여, 우리의 훌륭한 조상들은 좁고 한정된 테두리의 세계 속에 살면서도 그토록 행복하지 않았던가! 그들의 감정, 그 시문들은 또 얼마나 천진난만했던가! 오디세우스가 무한한 바다, 무한한 대지에 대하여 이야기했을 때 그 말은 진실하고 인간적이며 마음으로부터 우러나온 것이요, 절실하고 신비로운 것이었네. 내가 지금 지구는 둥글다고 초등학생들도 다 알고 있는 사실을 말해 본들 그런 지식이 무슨 소용이 있겠나. 인간이 지상에 살기 위해서는 작은 땅만 있으면 되는 걸세. 땅속에 묻히기에는 더욱 작은 땅으로 충분하지.

지금 나는 공작의 사냥별장에 와 있네. 공작과는 그럭저럭 기분 좋게 지낼 수 있을 것 같네. 그는 진실하고 꾸밈이 없는 사람일세. 그런데 그를 둘러싼 기묘한 사람들의 정체는 나로서는 가늠할 수가 없네. 악인들 같지는 않은데, 그렇다고 진실한 인간들 같지도 않네. 때때로 진실해 보이는 경우도 있으나, 어쩐지 믿을 수가 없네. 그밖에 유감스러운 일은, 공작이 딴 사람한테서 들었거나 책에서 읽은 이야기를 곧잘 하는 점일세. 더구나 그것을 딴 사람의 관점에서 그대로 이야기하는 걸세.

게다가 공작은 나의 지성과 재능을 나의 영혼보다 높이 평가하고 있네. 영혼이야말로 나의 유일한 자랑거리인데 말일세. 그것만이 모든 힘, 모든 기쁨, 모든 불행의 원천이 아닌가. 아아, 내가 지니고 있는 지식은 누구나 익힐 수 있는 것이지만, 나의 영혼 그것은 나만이 지니고 있는 걸세.

5월 25일

머릿속에 무언가 생각을 하고 있었지만, 그것이 실현되기 전에는 자네들에게 말하지 않을 생각이었네. 그러나 그것도 무산되어 버린 지금에 와서야 무슨 상관이랴. 나는 전쟁터에

나갈 생각이었네. 이 계획을 나는 오랫동안 마음속에 간직하고 있었지. 공작을 따라 이곳에 온 것도 주로 그 때문이었네. 공작은 ○○에 근무하는 장군이거든. 같이 산책을 나갔을 때 이 계획을 공작에게 털어놓았더니, 그는 나를 타이르며 그만두라는 것이었네. 따지고 보면, 내 가슴속에서 요동치고 있었던 것은 정열이라기보다 변덕에 불과했는지도 몰라. 정열이었다면 그의 말에 귀를 기울이진 않았을 테니까.

6월 11일

자네가 뭐라고 하든지 간에 나는 여기에 더 이상 머무를 수가 없네. 공작은 나를 한껏 극진히 대접해 주고 있으나 여긴 내가 있을 곳이 아니네. 우리 두 사람은 근본적으로 공통되는 점이 없어. 공작은 극히 세속적인 지성인일세. 그와의 교제는 내겐 그저 흥미로운 책을 읽는 것 이상의 즐거움을 주지는 못하네. 일주일간 이곳에 더 있다가 그 뒤엔 다시 정처 없는 여행을 떠나야겠네. 여기서 내가 한 일 가운데 최상의 것은 스케치라네. 공작은 예술에 대해 어느 정도 감각이 있기는 하네. 만약 그가 역겨운 학문적인 취향을 지니지 않았고 상투적인 용어에 얽매이지 않는다면, 더욱 날카로운 감수성을 지닐 수 있었을 걸세. 내가 상상력을 동원하여 자연과 예술의 세계에 대해 여러 가지로 설명해 줄 때, 그는 진부한 용어를 들고 나와 그 한 마디로 대단한 일을 해낸 듯이 여긴다네. 그럴 때면 나는 안타까움에 이를 갈 정도라네.

6월 16일

그렇지. 나는 다만 한 사람의 나그네. 이 지상의 순례자에 불과하지. 자네들은 그 이상의 존재란 말인가?

6월 18일

어디로 가려고 하느냐구? 자네에게만 알려 주지. 앞으로 이 주일 동안은 이곳에 있어야만 하네. 그 뒤엔 ○○ 광산을 찾아갈 거야, 하고 나 자신을 속이고 있었는데 사실인즉 그건 구실에 지나지 않네. 나는 다만 로테 곁으로 다시 가고 싶은 걸세. 그게 내 맘의 전부야. 나는 그런 나 사신의 마음을 비웃고 있네. 그러나 결국은 내 맘이 가고자 하는 대로 따라갈 수밖에 없지 않겠나.

7월 29일

그래 됐어, 모든 것이 잘되었어! 내가 그녀의 남편이라면!
아, 저를 창조하신 하느님, 당신께서 그런 기쁨을 제게 내려
주셨더라면 저는 평생토록 끊임없이 기도를 올렸을 것입니
다. 당신께 대항하려는 것이 아닙니다. 저의 이 눈물을 용서
하소서. 이 덧없는 소망을 용서하소서. 그녀가 내 아내라면!
이 세상에서 가장 사랑스러운 그녀를 내 품에 안을 수 있다
면. 빌헬름, 알베르트가 날씬한 그녀의 몸을 안는다는 생각
을 하면, 나는 온몸에 소름이 돋는다네.

그런데, 내가 이런 말을 해도 되는 것일까? 안 될 건 또 뭔
가, 빌헬름. 그녀는 알베르트보다는 나와 함께하는 것이 더
행복해질 수 있었을 걸세. 알베르트는 그녀의 마음속의 소
망을 충족시켜 줄 수 있는 인물이 못 되네. 감수성에 결함
이 있네. 이 말은 자네 좋을 대로 해석하게나. 예를 들면, 마
음에 드는 책을 같이 읽고 있다가 내 마음과 로테의 마음이
서로 공감하여 하나가 되는 그런 대목에서 그의 심장은 끄
떡도 하지 않네. 로테와 내가 약속이라도 한 듯 절로 감탄
의 소리를 내는 경우에도 역시 마찬가지라네. 사랑하는 빌
헬름! 그러나 그는 로테를 진심으로 사랑하고 있네. 그만
한 사랑이라면 어떠한 보답이라도 받을 만한 가치가 있지!
참을 수 없는 방문객이 와서 방해를 받았네. 눈물은 말라 버

리고 마음이 몹시 산란하네. 잘 있겠나, 빌헬름.

8월 4일

나 혼자만 이런 일을 당하는 것은 아닐 걸세. 인간은 누구나 희망에 속고 기대에 배반당하는 거지. 보리수 아래에 살고 있는 그 선량한 부인을 찾아가 보았네. 큰아들이 환호성을 지르며 내게 달려왔네. 그 소리에 그 아이의 어머니도 나왔는데, 전과는 달리 기운이 없어 보였네.

"아이구, 선생님이시군요. 우리 한스가 죽었어요."

그녀가 한 첫마디는 이랬다네. 그 막내아들 말일세. 그만 말문이 막혔네.

"그리고 남편도" 하고 그녀는 말했네.

"스위스에서 되돌아왔지만, 빈털터리였어요. 오는 도중에 열병에 걸린 데다가, 고마우신 분들이 없었더라면 구걸을 할 뻔했답니다."

나는 할 말을 잃고 아이의 손에 돈 몇 푼을 쥐어 주었을 뿐일세. 그 어머니가 사과 몇 알을 주기에 그것을 받아들고, 나는 슬픈 추억의 장소를 떠났네.

8월 21일

　내 마음은 손바닥을 뒤집듯이 잘도 변한다네. 어떤 때는 날이 밝아 오는 것같이, 인생의 즐거움이 다시 찾아올 것 같은 마음이 든다네. 아아, 그러나 그것은 다만 한 순간에 지나지 않네! 아련한 꿈속 같은 기분에 잠겨 있을 때 '만일 알베르트가 죽는다면?' 하는 생각이 떠오르는 것을 억제할 수가 없다네. 그렇게 되면 아마도 내가…… 그리고 그녀가…… 그리고…… 이런 공상을 끝없이 좇아가다가 마침내 심연의 일보 직전에 이르는 걸세. 그랬다가는 몸서리를 치고 뒤로 물러선다네.

　성문을 지나 로테를 마차에 태워 무도회에 데리고 가기 위하여 처음으로 지나간 그 길을 걸어가 보니, 참으로 많이 변했더군! 모든 것이 다 사라져 버렸어! 지난날의 모습은 흔적도 없고, 그때의 감정은 자취조차 없네. 일찍이 전성기를 자랑한 영주가 임종하면서 사랑하는 아들에게 견고하고 호화로운 성곽을 물려주었는데, 망령이 되어 돌아와 완전히 잿더미로 폐허가 되어 버린 것을 보며 돌아다니는 기분일세.

샤로테 케스트너(처녀성은 부프, 1753~1828), 하인리히 슈뢰더의 파스텔화, 1782년작

9월 3일

　내가 오로지 그녀를 이토록 깊이, 이토록 진심으로 사랑하고 있는데, 어떻게 다른 사람이 그녀를 사랑할 수가 있으며, 그 사랑이 용납될 수 있는가에 대해서 가끔씩 이해할 수가 없다네! 나에게는 그녀 이외의 세계는 없네. 그녀 이외에는 아무것도 갖고 있지 않단 말일세!

9월 4일

　계절이 가을로 접어드니 내 마음도, 또 내 주변도 가을이 되어 가네. 나라는 나무의 잎은 누렇게 물들고, 내 주변의 나뭇잎들은 벌써 떨어져 버렸네. 언젠가 한 농가의 일꾼 이야기를 한 적이 있을 걸세. 발하임에 갔을 때 그 사람을 수소문해 보았다네. 어느 농가에서 머슴살이를 하다가 쫓겨났다고들 하는데, 그 이상의 소식은 아무도 모른다는 것이었네. 그런데 어제 다른 마을로 가는 도중에 우연히 그 청년을 만났네. 말을 걸었더니 청년은 사정 이야기를 해 주었는데, 그것을 듣고 나는 거듭거듭 감동하였네. 자네에게 그 이야기를 하면 자네도 곧, 과연 그럴 만하구나 싶어질 것일세. 그러나 내가 무엇 때문에 그런 이야기를 자네에게 하는 거지? 어째서 나는 나를 불안하게 하고 슬프게 하는 일을 가슴속에 간직해 두지 못하는 걸까? 어째서 자네 마음까지 어둡게 만드는 걸까? 어째서 언제나 자네에게 나를 측은해 하고 책망할 기회를 주는 걸까? 아마 이것도 타고난 운명인가 보네!

처음에 그는 잔잔한 슬픔을 드러내 보이며 내 물음에 대답했네. 얼마간 머뭇거리는 기색이 엿보였지. 그러나 그것도 처음에만 잠깐 그랬을 뿐, 이윽고 자신과 나에 대해 새삼스레 깨닫기라도 한 것처럼, 탁 터놓고 자신의 과오를 고백하고는 불행한 신세를 하소연하는 것이었네. 그의 말 한마디 한마디를 그대로 자네에게 들려주고, 자네의 판단을 들었으면 싶네. 그는 고백하였네. 아니, 고백하였다기보다는 추억에 따르는 행복감과 쾌감에 젖은 듯한 어조로 이야기를 하였네. 주인 여자분에 대한 열정은 날이 갈수록 더해서, 나중엔 자기가 무엇을 하고 있는지, 그의 표현에 의하면 머리를 어디로 돌려야 할는지조차도 모르게 되어 버렸다는 걸세. 먹을 수도 마실 수도 잠을 잘 수도 없게 되었으며, 목구멍도 막혀 버렸다는 걸세. 해서는 안 될 짓을 하고, 시키는 일은 잊어버리는 등, 마치 도깨비에 홀린 것같이 되었다는군. 마침내 어느 날, 여주인이 이층 방에 있는 것을 알고 뒤따라 올라갔다는 걸세. 저도 모르게 그리로 이끌려 올라간 셈이지. 그녀가 그의 소망을 들어주지 않았으므로, 그는 폭력으로 그녀를 정복하려 했다네……. 어째서 그렇게 되었는지 자신도 알 수가 없다, 하느님도 증인이 되어 주실 것이다, 그녀에 대한 자기의 소망은 언제나 진지한 것이었다, 진심으로 바랐던 것은 다만 그녀와 결혼해서 한평생 같이 살아가는 일이었다……. 이렇게 얼마 동안 이야기를 하더니 청년은 주춤거리기 시작했네. 아직 말하고 싶은 것이 더 있기는 한데, 시원스럽게 털어놓기가 난감한 기색이었네. 드디어 그는 머뭇거리면서 다음과 같은 사실을 고백하였네. 여주인은 자기가 얼마쯤 허물없이 대하는 것을 용납해 주었으며 어느 정도의 접근은 허락해 주었다는 걸세……. 그 이야기를 하면서 그는 두세 번 중단했는데, 이윽고 열심히 변명을 늘어놓기 시작했네. 이런 소리를 하는 것은 여주인을 나쁜 여자로 몰기 위해서가 아니다, 자기는 그녀를 전과 다름없이 사랑하며 존경하고 있다, 이런 소리는 여태껏 한 번도 입 밖에 낸적이 없다, 당신에게 이런 이야기를 한 건 내가 도리를 모르는 인간이 아니라는 걸 알아주기 바라서이다, 하는 것이었네. 친구여, 여기서 나는 또다시 입버릇처럼 하는 소리를 되풀이 하겠네. 자네 앞에 그 청년을 세워 보고 싶네! 그가 내앞에 서 있었던 꼭 그대로, 그리고 지금도 내 눈앞에 서 있는 모습 그대로 말일세. 자네에게 모든 것을 제대로 전달할 수있으면 좋으련만! 그리하여 내가 얼마나 그의 운명에 동정하고 있으며, 또 동정하지 않을 수 없는가 하는 것을 자네가 알아주었으면 싶은 걸세. 그러나 이제 그만둠세. 자네는 내 운명도 알고 있으며, 나라는 인간 자체도 잘 알고 있지 않은가. 내가 어째서 모든 불행한 인간, 그 중에서도 특히 이 불행한 청년에게 이끌리게 되었는지 자넨 너무나 잘 알고 있을 테니까 말일세.

이 편지를 다시 읽어 보니, 이야기의 결말을 빼먹어 버렸군그래. 하긴 자네라면 쉬 짐작할 수 있을 테지. 여주인은 그를 거부하며 뿌리쳤네. 그때 그녀의 오빠가 찾아왔네. 오빠라는 사람은 전부터 그 청년을 미워하고 있었으며, 그를 그 집에서 쫓아내려 하고 있었다네. 누이동생이 재혼을 하면 자기 아이들에게 돌아올 유산이 줄어들게 될 것을 두려워했던 거지. 누이동생에게는 아이가 없었으므로 그 유산에 눈독을 들이고 있었던 걸세. 그는 청년을 당장에 내쫓고 왁자지껄하게 소문을 퍼뜨렸으므로, 여주인으로서는 설령 그럴 생각이 있었다 하더라도 그 청년을 집에 들일 수가 없어져 버린 거야. 지금은 다른 머슴을 들였는데, 그 머슴과의 관계로 해서도 오빠와 사이가 틀어졌다는군. 게다가 마을사람들은 여주인이 틀림없이 그 머슴과 결혼할 것이라고들 말하고 있는데, 청년은 목숨을 걸고 그걸 막을 결심이라고 말했네.

지금까지 한 이야기에 과장은 없네. 미화하지도 않았네. 오히려 가능한 한 덤덤하게 이야기한 셈일세. 게다가 세속적이고 상투적인 말들을 써서 딱딱해진 느낌이 없지 않네.

즉 이 사랑, 이 진실, 이 열정은 결코 문학적 창작이 아니란 말일세. 이건 살아 있는 걸세. 우리가 교양이 없다느니 상스럽다느니 하고 말하는 계층의 사람들 사이에 그야말로 순수한 형태로 살아 있단 말일세. 그런데 우리네 소위 교양 있는 인간들은 오히려 왜곡되고 무능하게까지 되어 버렸네! 부디 이 이야기를 진지한 마음으로 읽어 주기 바라네. 이 이야기를 쓰다 보니, 오늘은 마음이 차분해졌네. 글씨만 보아도 알겠지? 황망하게 휘갈긴 여느 때의 글씨와는 다르지 않은가. 읽은 다음에 생각해 주게, 이건 자네 친구의 이야기이기도 하다는 것을. 맞았어, 이건 내 신상에 일어났던 일일세. 아니, 앞으로 일어나게 될 일이야. 나는 이 가엾고 불행한 청년에 비하면 절반도 결단력이 없네. 비교하기조차도 부끄러울 지경일세.

9월 5일

로테는 출장으로 시골에 머물고 있는 남편 앞으로 편지를 썼다네. 그 시작은 이러했다네. '나의 사랑하는 이여, 될수록 빨리 돌아오세요. 한없이 기쁜 마음으로 당신이 돌아올 날을 기다리고 있습니다.' 그때 한 친구가 찾아와서, 알베르트에게 사정이 생겨서 빨리 돌아올 수 없게 되었다는 소식을 전해 주었네. 편지는 저녁때까지 그대로 놓여 있었기 때문에 내 눈에 띄었다네. 나는 그걸 읽고 미소를 지었네. 왜 웃느냐고 로테가 묻더군.

"상상력이란 하느님이 내려주신 얼마나 대단한 선물일까요" 하고 나는 큰 소리로 말했네.

"나는 잠시나마 이것이 내게 쓴 편지라고 상상해 보았거든요."

순간 로테는 입을 다물고 말았네. 마음이 불편한 모양이었네. 나도 입을 다물고 말았네.

9월 6일

로테와 처음으로 춤출 때 입었던 푸른색의 장식 없는 연미복을 벗어 버리기로 결심을 하는 것이 참 힘들었다네. 이젠 아주 낡아서 추레해졌거든. 그래서 깃이며 소매를 그것과 똑같이 해서 새로 한 벌 맞추었다네. 노란 조끼와 바지도 다시 주문했지.

허나 어쩐지 아직도 옷이 어설프게 느껴지네. 시간이 지나면 차차 마음에 들게 되겠지만.

9월 12일

로테는 알베르트를 맞으러 가느라 며칠 집에 없었네. 오늘 내가 그녀 방으로 찾아갔는데, 마침 나를 맞아 주었네. 나는 기쁨에 넘쳐서 그녀의 손에 입을 맞췄지.

카나리아 한 마리가 거울에서 날아와 그녀의 어깨에 앉았네.

"새 친구예요" 하고 그녀는 새를 자기 손바닥 위에 앉혔네.

"동생들을 위해서 가져왔어요. 여간 귀엽지 않아요. 이것 보세요! 빵을 주면 날개를 파닥거리면서 얌전히 쪼아 먹어요. 제게 입맞춤도 해요. 이것 보세요!"

그녀가 입술을 내밀자 새는 아주 귀엽게 고개를 갸우뚱하고는 그녀의 감미로운 입술에 부리를 갖다 대는 것이었네. 자신이 누리고 있는 행복을 알기라도 하는 듯이 말일세.

"선생님께도 입맞춤하게 해 드릴게요" 하고 로테는 나에게로 내밀었네. 그 조그만 부리가 로테의 입과 나의 입을 간접적으로 닿게 해 주었네. 그 감촉은 사랑에 넘치는 입김과도 같았고, 또 어떤 예감과도 같은 것이었네.

"이 입맞춤에는" 하고 나는 말했지.

"뭔가를 달라고 요구하는 느낌이 있군요. 먹이를 찾는 것 같아요. 응석을 부려도 아무것도 주지를 않으니까 허전한 기분으로 돌아가는 것 같은 그런 느낌이랄까……."

"제 입으로 주는 모이를 잘 받아먹는답니다" 하고 로테는 말했네. 그리고 그녀는 빵조각을 입에 물고 새에게 먹여 주었네. 그 입술은 천진난만한 애정의 기쁨에 넘쳐서 미소 짓고 있었네.

나는 얼굴을 돌렸네. 그녀는 그런 행동을 하지 말았어야 했어! 하늘나라의 순결함과 축복 가득한 그런 모습은 내 상상력을 자극하지 않을 수 없거든. 삶에 대한 무관심으로 잠잠해진 내 마음을 다시금 일깨워 놓게 된다 이 말일세. 그렇다고 로테가 못할 짓을 한 건 아닐세. 그녀는 그토록 나를 신뢰하고 있는 거야! 내가 자신을 얼마나 사랑하고 있는가를 잘 알고 있으면서 말일세!

9월 15일

빌헬름, 이 지상에 얼마 남아 있지 않은 소중한 것들에 대하여 이해심도 없고 감정도 없는 인간들이 있다는 생각을 하니 미칠 것만 같네. 성(聖) ○○의 녹실한 목사를 찾아갔을 때, 로테와 함께 내가 그 그늘에 앉았던 호두나무에 대한 이야기는 자네도 기억하고 있겠지? 그것은 참으로 근사한 나무였네! 그 이후로 언제나 내 마음을 그지없는 기쁨으로 충만케 해 주고 있었다네! 그 나무가 있음으로 해서 목사관이 얼마나 친근하게 느껴졌는지 모른다네! 그 시원스러운 나무 그늘! 그 무성하고 멋들어진 가지들! 그 생각을 할 때마다 먼 옛날에 나무를 심었던 충직한 목사 생각을 하지 않을 수가 없네. 학교 선생님은 자기 할아버지께 들었다면서 그 목사의 이름을 말해 주었지. 훌륭한 분이었다고 하는데, 그 나무 아래에서 그 사람의 이름을 생각할 때마다 성스러운 기분이 들곤 했었네. 어제 우리가 그 호두나무가 잘렸다는 이야기를 꺼냈을 때, 학교 선생님의 눈에는 눈물이 그득하였네. 베어 버리다니! 나는 미칠 것만 같네. 맨 처음에 도끼로 내려찍은 녀석을 죽여 버리고 싶을 정도야. 가령 그런 나무가 늙어서 말라죽었을 경우라도 슬픔으로 못 견딜 지경인데, 이 일을 잠자코 보고 있어야만 하다니. 친구여, 그런데 여기에 재미있는 일이 하나 있다네! 인간의 감정이란 참 묘하지. 온 동네 사람들이 불평을 하기 시작한 거야. 목사 부인은, 버터나 계란과 같은 선물의 양이 줄어드는 것을 보고, 자기가 마을사람들에게 얼마나 인심을 잃었는지 깨닫게 될 터이네. 나무를 베게 한 장본인은 바로 그 여자거든. 새로 부임한 목사 부인은 (전의 노목사는 돌아가셨네) 마르고 병약한 여자라네. 그녀가 세상사에 아무런 관심을 갖지 않는 것에는 이유가 있네. 아무도 그녀에게 관심을 가져 주지 않기 때문이지. 학자들 틈에 끼여서 성서 연구에 골몰하고, 한창 유행하는 도덕적 비판적 그리스도교 개혁에 참여하였으며, 라바터

(Johann Caspar Lavater 1741~1801, 스위스의 작가이자 개신교 목사: 역주) 의 열광적인 신앙에 어깨를 으쓱거리며 무시하던 끝에 건강이 몹시 나빠졌는데, 그렇게 되고 보니까 하느님이 창조하신 이 대지에선 아무런 기쁨도 느낄 수 없게 되어 버린 어리석은 여잘세. 그런 여자니까 호두나무를 베어 버리게 할 수 있었던 거지. 그녀의 구실인즉 이렇다네. 낙엽이 지면 뜰이 지저분해지고 잎이 무성할 때는 햇빛을 가리고 호두가 열리면 아이들이 돌을 던지니 신경에 거슬려서 케니코트(Benjamin Kennikot 1718~1783,영국의 신학자: 역주) 와 젬러(Johann Salomo Semler 1725~1791, 독일 신학자: 역주), 그리고 미하엘리스(Johann David Michaelis 1717~1791, 독일의 신학자: 역주)를 비교연구 하는 데 방해가 된다는 걸세. 마을 사람들, 그 중에서도 특히 노인들이 무척 불만스러운 듯하기에 나는 물어 보았네.

"여러분들은 어째서 그냥 보고만 계셨나요?"

"이 고장에선 촌장이 일단 마음을 먹으면 우리로서는 어쩔 도리가 없거든요."

그들은 이렇게 대답했네. 그런데 인과응보라고 할 만한 일이 생겼다네. 촌장과 목사는 그 나무를 판 돈을 둘이서 반반씩 나누어 갖기로 합의를 보았다네. 목사는 평소에 늘 묽은 수프만 끓여 주는 그 부인에게 넌더리가 날 지경이었는데, 이번에는 그녀의 변덕스러운 신경질 덕을 좀 볼까 했던 거지. 그런데 그런 내막이 세무서에 알려져서, 나무 값은 회계

국에 납입하라는 통고를 받게 된 걸세. 그 나무가 서 있던 목사관의 땅은 회계국이 소유권을 가지고 있거든. 결국 호두나무를 경매에 부치고 말았다네. 어쨌든 호두나무는 땅바닥에 쓰러져 있네. 아아, 내가 영주라면 목사 부인이며 촌장이며 관청을 모조리…… 영주라! 하긴 영주라면 영내의 나무 따위에 신경을 쓸 리가 없겠지!

10월 10일

로테의 검은 눈동자를 바라만 보아도 나는 행복해지네! 그런데 못마땅한 것은, 알베르트는 내가 행복할 만큼은 그리 행복해 보이지 않는다는 것이네……. 만일…… 나라면…… 어쩌할 텐데…… 생각했던 만큼은 말일세……. 단어를 이런 식으로 늘어놓는 걸 좋아하지 않지만 달리 표현할 길이 없어서네. 그러나 이것으로 충분히 의미는 알 수 있겠지.

10월 12일

오시안이 내 마음 속에서 호메로스를 밀어 내었네. 이 위대한 시인은 나를 그야말로 얼마나 멋진 세계로 이끄는지 몰라! 나는 피어나는 안개 속 희뿌연 달빛 아래 조상들의 영혼을 밀어내는 비바람에 시달리며 황야를 방황한다네. 연이은 산들 너머 골짜기의 요란스러운 시냇물 소리에 더불어 동굴 속 망령들의 신음소리가 들려오네. 소녀의 통곡소리도 들려오네. 그녀는 싸움터에서 용감하게 싸우다 쓰러져 간 애인의 무덤에서, 잡초로 덮이고 이끼가 긴 네 개의 묘석 언저리에서 숨이 끊어질 듯이 탄식하고 있는 걸세. 이윽고 유랑하는 백발의 음유시인이 나타나네. 광막한 황야에 조상들의 발자취를 찾아 헤매다가, 아아, 마침내 이곳에서 그 묘석을 찾아낸 걸세. 그는 비탄에 잠긴 채 사납게 물결치는 바다 저 너머로 빠져 들어가는 저녁별을 바라보네. 그의 가슴속에는 지나간 시대가 생생하게 되살아나네. 용사들의 고난에의 길을 축복해 주듯이 햇볕이 따스하게 내리쬐고 개선하고 돌아오는 화환으로 장식된 배에 달빛이 내리비쳤던 그 옛날의 일이 말일세! 노인의 이마에는 깊은 고뇌의 자국이 새겨져 있네. 최후에 혼자 남은 이 용사도, 지금은 기진맥진 무덤을 향해 비틀거리며 걸어가네. 그러나 가 버린 사람들의 방황하는 망령들을 눈앞에 대하자 벅찬 기쁨이 새로이 샘솟아 올랐네. 그는 흔들거리는 풀숲, 차가운 땅을 내려다보며 절규하고 있다네.

"아름다웠던 날의 나를 아는 나그네들은 와서 물으리라, '그 노래하던, 핑갈의 그 뛰어난 아들은 지금 어디 있는가?' 하고, 나그네들은 내 무덤을 밟고 넘어가서, 나를 찾아 헛되이 이 지상을 헤매어 다니리라."

아아, 친구여! 나도 충성스러운 무사와 같이 칼을 빼어들고 서서히 숨이 끊어져 가는 단말마의 고통에 시달리는 나의 영주 오시안을 그 고통으로부터 해방시켜 주고 싶네. 그리하여 해방된 그 반신(半神)의 뒤를 따라가고 싶네!

10월 19일

아아, 이 공허! 마음속에 느껴지는 이 끔찍한 공허감! 나는 자꾸만 생각한다네. 딱 한 번, 딱 한 번만이라도 그녀를 내 가슴에 껴안을 수가 있다면 이 공허감이 완전히 메워질 수 있을 텐데 하고.

10월 26일

그렇다네, 점점 더 명백해지네. 친구여, 한 인간의 존재 같은 건 대수로운 게 아닐세. 전혀 대수롭지 않은 거야. 로테네 집에 그녀의 여자 친구가 한 사람 찾아왔었네. 나는 그 옆방으로 책을 가지러 갔었는데, 책읽기가 시들해져서 펜을 들고 긁적거리기 시작했네. 두 사람이 나직한 목소리로 이야기하는 것이 들렸네. 아무개가 결혼을 한다느니 아무개는 병이 들었는데 심상치 않다느니 하는 따위의 자질구레한 시중의 소문이었지.

"마른기침을 하고 얼굴에 뼈만 남았어, 때때로 까무러치기도 한대요. 아무래도 더 살기 힘들 것 같아요."

그 친구가 말했네.

"○○ 씨도 안 좋다면서요?"

로테도 말했네.

"이미 몸이 부어올랐나 봐요."

친구가 말했네. 나의 상상력은 활발하게 움직이기 시작하여, 그 불행한 사람들의 병상을 머릿속에 그렸네. 나는 생생하게 볼 수가 있었네. 그들이 얼마나 삶을 등지기 싫어하는지 모른다네. 그들은 얼마나…… 빌헬름, 그러나 여자들은 아무렇지도 않게 이야기를 하고 있는 걸세. 마치 전혀 얼굴도 모르는 사람이 죽었을 때의 이야기를 하는 것 같은 그런 어조로 말일세. 나는 주변을 둘러보았네. 로테의 옷, 알베르트의 서류 그리고 가구들을 보았네. 그것들은 모두가 나에게는 정든 물건들일세. 잉크병까지도……. 나는 생각에 잠겼네. '잘 생각해 보아라. 이 집에서 도대체 너는 뭔가? 두 사람 다 너의 친구요, 너를 존경하고 있어. 너는 때때로 그들에게 기쁨을 주는 근원이기도 하지. 그리고 너는 마음속으로 그들 없이는 살아갈 수 없을 것 같다는 생각을 하지. 그러나 지금 네가 그들 곁에서 사라져 버린다면 그들은 네가 없어짐으로 해서 자기네 운명에 생겨난 공허감을 언제까지 느낄 것인가? 얼마나 오래 느낄 수 있단 말인가.' 아아, 인간은 그지없이 덧없는 존재라네. 자기의 존재가 정말 확고하게 여겨지는 곳, 자기의 존재를 정말 깊이 인상 지을 수 있는, 유일한 장소인 연인의 추억이나 그 영혼 속에서조차도, 인간은 흔적도 없이 사라져 버리게 마련인 거야. 그것도 눈 깜짝할 사이에!

10월 27일

사람이란 존재가 그렇게 서로에게 아무런 의미도 없다니, 내 가슴을 찢어 버리고 머리를 짓이겨 버리고 싶어지네. 아아, 사랑도 기쁨도 우정도 즐거움도, 내가 남들에게 제공하지 않으면 아무도 나에게 주지를 않네. 그리고 진심을 다해서 남을 행복하게 해 주려 해도, 눈앞에 그림자처럼 차갑게 서 있는 인간에게는 어쩔 수 없다네.

10월 27일 저녁

내가 지니고 있는 것은 많다 하더라도, 그녀를 생각하는 마음이 모든 것을 집어삼켜 버리네. 내가 아무리 가진 것이 많더라도 그녀 없이는 아무것도 아닌 걸세.

10월 30일

이미 수백 번 그녀의 목에 매달릴 뻔한 상황에 빠지곤 했었네! 이토록 사랑스러운 존재가 눈앞에 어른거리고 있는데 손을 뻗쳐 잡아서는 안 된다니, 이 안타까운 심정은 하느님만이 아실 걸세. 그것은 인간의 가장 자연스러운 충동일세. 아이들은 갖고 싶은 게 눈에 띄면 얼른 붙잡으려 하지 않는가. 그런데 나는?

11월 3일

정말이지 몇 번이나 다시는 깨어나지 않기를 바라면서, 아니 그렇게 되리라 믿으면서 잠자리에 들었던가! 그러나 아침이 되면 나는 다시 눈을 뜨고, 태양을 보고, 그리고 비참한 심경이 된다네. 아아, 차라리 모든 것을 날씨 탓으로 돌린다든가, 누군가 다른 사람이나 잘못된 계획 탓으로 돌릴 수 있다면, 이 견딜 수 없는 울분의 무게는 절반이 될 텐데! 그러나 슬프게도 나는 너무나도 똑똑히 알고 있다네. 모든 죄가 내게 있다는 것을. 아니, 그건 죄라고 할 수 없지. 하지만 예전에 모든 행복의 원천이 내 마음 속에 있었던 것처럼 지금 모든 불행의 근원이 내 마음 속에 놓여 있네. 충만한 감정 속을 떠돌아다니면서 한 발짝 내디딜 때마다 낙원이 뒤따르던 그 무렵의 나나 지금의 내가 다를 바가 없네. 다만 그 무렵의 나는 온 세계를 넘치는 사랑으로 포옹할 수 있는 마음을 지니고 있었으나, 지금은 그 마음이 죽어 없어져 버렸네. 이제 내 마음에서는 어떤 감동도 솟아나지를 않는 걸세. 상쾌한 눈물이 오감을 소생시키는 일도 없으며, 불안으로 말미암아 이마에는 나날이 주름살만 늘어 간다네. 이 괴로움, 이것은 내 삶의 유일한 기쁨을 잃었기 때문일세. 성스러운 소생력, 내 주위의 온갖 세계를 창조해 내었던 그 힘, 그것이 사라져 버렸기 때문일세! 창문 밖으로 멀리 언덕을 바라보면, 아침 햇살이 언덕 위로부터 안개 속을 뚫고 초원을 비추고 있네. 강물은 잎이 다 져 버린 버드나무 사이를 구불구불 조용히 흐르고 있네. 당연히 환희를 느껴야 할 이러한 광경도 마치 니스를 칠한 유화처럼 딱딱해져 버려 이제 내 심장으로부터 한 방울의 행복감조차도 뇌로 빨아올려 주지 못하네. 사내대장

부가 말라 버린 샘, 물이 없는 물통처럼 하느님 앞에 서 있을 따름일세. 나는 몇 번이나 땅바닥에 엎드려 내게 눈물을 내려 주십사고 하느님께 빌었네. 마치 하늘이 황동처럼 머리 위에서 빛나고, 대지가 말라 터져 버렸을 때에 농부들이 비를 갈구하듯이.

그러나 아아, 나는 알고 있네. 우리들이 애타게 바란다고 해서 하느님이 비나 햇빛을 내려 주시지는 않으리라는 것을. 되돌아보면 괴롭기만 한 그 시절이 어째서 그토록 행복했던 것일까! 그것은 내가 참을성 있게 하느님이 내려 주시는 커다란 기쁨을 진심으로 감사하며 받아들였기 때문이지.

11월 8일

로테가 나의 무절제한 행동을 꾸짖었네. 아아, 그것도 지극히 다정스럽게!

포도주 한 잔에서 시작하여 한 병을 몽땅 비워 버리는 그런 나의 과도함을.

"그러시면 안 돼요" 하고 그녀는 말했네.

"제 생각도 좀 해 주세요!"

"당신을 생각하라니요?" 하고 나는 말했네.

"그런 말은 할 필요 없어요. 생각하다뿐이겠습니까! 아니,

생각은 하지 않습니다. 당신은 언제나 내 마음 속에 있으니까요. 오늘도 나는 며칠 전에 당신이 마차에서 내렸던 바로 그곳에 앉아 있었답니다."

로테는 화제를 다른 데로 돌려서, 내가 더 이상 그런 소리를 하지 못하게 해 버렸네. 친구여! 이제 나는 내가 아닌 것이나 다름없네. 그녀는 나를 마음대로 할 수가 있다네.

11월 15일

고맙네, 빌헬름! 자네의 그 염려와 호의에 마지않는 충고에 감사하네. 그러나 제발 안심하게나. 나는 끝내 버티어 낼테니까. 지치기는 했지만 아직 그만한 힘은 지니고 있다네. 나는 종교를 존중한다네. 그건 자네도 알고 있지 않은가. 종교가 지쳐 있는 많은 사람들에게 지팡이가 되어 주며, 병들어 쇠잔해 가는 자들에게 소생의 힘이 되어 준다는 사실을 나는 잘 알고 있네. 그러나 누구나 다 그런 힘을 받을 수 없고 또 앞으로도 받지 못할 사람은 수천 명도 더 될 걸세. 그런데 내게 종교는 어떤 의미일까? 하느님의 아들이신 예수께서도 '내 아버지께서 보내 주시지 않으면 그 누구도 내게 올 수 없다'고 하지 않았던가. 그런데 만일 내가 하느님이 보내 주신 자가 아니라면? 아버지이신 하느님께서 나를 자신의 옆에 두시려 한다면? 부디 이 말을 오해하지는 말아 주게. 아무런 사심 없이 하고 있는 내 말 속에 조소가 깃들어 있는 것으로 생각하지는 말게나. 내 마음을 그대로 자네에게 내보였을 뿐이니까. 그렇지 않다면 차라리 잠자코 그냥 있었을 걸세. 나 자신도, 또 남들도 알지 못하는 일이라면 무슨 일이건 간에 나는 말을 낭비하고 싶지 않으니까. 이것이 인간의 운명이 아니겠는가? 이 술잔은 인간의 모습으로 나타나신 하느님 아들의 입술에도 쓰디쓴 것이었는데, 내가 어찌 허세를 부리며 달콤한 체할 필요가 있겠는가. 나라는 존재 자체가 삶과 죽음의 갈림길에 서서 전율하고 과거가 번갯불처럼 어두운 미래의 심연 위에서 번쩍이며, 나를 둘러싼 만물이 멸망하고, 이 몸과 더불어 온 세계가 무너져 내리려 하는 그 무서운 순간에 내 어찌 부끄러워할 필요가 있으랴. 그것이야말로 자기 자신만을 의지할 수밖에 없는 지경에까지 몰린 채 힘이 다하여 걷잡을 수 없이 전락해 가는 인간의 목소리가 아닌가. '나의 하느님, 나의 하느님, 어찌하여 나를 버리시나이까?'라고 한 그 부르짖음 말일세. 그런데 내가 그런 부르짖음을 부끄러워할 것은 없지. 또한 그와 같은 순간이 있다는 것을 두려워할 필요도 없겠지. 하늘을 한 필의 옷감처럼 둘둘 말아서 거둘 수 있는 하느님의 아들조차도 피할 수 없었던 순간이니까.

11월 21일

로테는 스스로가 나와 그녀 자신을 파멸시키는 독약을 준비하고 있다는 것을 인식하지도 낌새를 알아차리지도 못하고 있다네. 그리고 나는 입맛을 다시며 그것을 들이마시네. 나를 파멸시키는 그 독배를 비우는 걸세. 그녀가 나를 자주, 아니 자주라고는 할 수 없으나 어쩌다가 나를 빤히 보는 그 다정스러운 눈길. 무심결에 나타내는 내 마음을 받아들여 주는 그 호의. 그리고 나의 고뇌를 애처로워하는 마음이 그녀의 이마에 새겨지네. 그것들은 도대체 무엇을 의미하는 걸까!

어제 내가 돌아오려 할 때, 그녀는 나에게 손을 내밀며 말했네.

"안녕히 가세요, 사랑하는 베르테르."

사랑하는 베르테르! 그녀가 '사랑하는'이라는 말을 붙여서 나를 부른 것은 처음일세. 뼛속까지 스며드는 말이었네. 나는 그 말을 입 속으로 수백 번이나 되풀이했지. 밤에 잠자리에 들면서도 혼잣말을 중얼거리고 있던 중에 이런 말이 튀어나왔네.

"잘 자요, 사랑하는 베르테르."

그러고는 나도 모르게 웃고 말았지.

11월 22일

나는 '로테를 저에게 허락해 주소서!' 하고 기도할 수는 없네. 그러나 가끔 그녀가 내 사람인 듯한 생각이 든다네. '그녀를 제게 주소서' 하고 기도할 수는 없네. 그녀는 이미 다른 남자의 여자이니까. 나는 지금 스스로 괴로움을 재료로 이런 유희를 하는 걸세. 이러다간, 명제와 대립명제의 끝없는 기도가 되풀이될 걸세.

11월 24일

그녀는 내가 겨우 참고 있다는 것을 알고 있네. 오늘 그녀의 눈길은 내 마음 속 밑바닥까지 스며들었다네. 찾아갔더니 그녀는 혼자 있더군. 나는 아무 말도 하지 않았지. 그녀는 물끄러미 나를 보았네. 여느 때와 같은 사랑스러운 아름다움과 뛰어난 정신의 밝은 빛은 보이지 않았네. 그런 것들은 모두 내 눈앞에서 자취를 감추고 있었네. 그런 것보다도 훨씬 더 숭고한 괴로움에 대한 애달픈 공감이 어리어 있었네. 어째서 나는 그 발아래 엎드리지 않았을까! 어째서 그녀의 목을 끌어안고 끝없는 키스로 그에 보답하지 않았을까! 로테는 몸을 피하여 피아노 앞으로 갔네. 그러고는 피아노를 치면서 나직하고 아름다운 목소리로 속삭이듯이 노래를 불렀네. 로테의 입술이 그때처럼 매혹적으로 보였던 적은 없었네. 그 입술은 악기에서 흘러나오는 감미로운 멜로디를 빨아들여 그 나직한 반향만을 내보내는 것 같았네. 그것을 그대로 자네에게 전해 줄 수 있으면 좋으련만! 나는 그만 견딜 수 없는 심정이 되어, 머리를 숙이고 이렇게 맹세했네. '성스러운 입술이여, 하늘의 정령이 어려 있는 그 입술에 나는 결코 키스를 강요하지 않으리라.' 그러면서도 나는 결코 단념할 수가 없었네. 내 마음 알겠지? 아아, 그것이 장벽처럼 내 영혼을 가로막고 있네. 사무치는 행복을 이 몸으로 맛보고, 그러고 나서 그 죄를 씻기 위하여 파멸해 버리고 싶네. 그것이 죄일까?

11월 26일

때때로 나는 나 자신에게 말한다네. '네 운명은 유례가 없을 만큼 비참하다. 다른 사람들은 행복하다……. 너처럼 고통 받는 자는 일찍이 아무도 없었다.' 그러고 나서 옛 시인의 글을 읽으면, 마치 내 마음 속을 들여다보고 있는 듯한 느낌이 든다네. 나는 수많은 고난을 참고 견디어야 하네! 아아, 인간이란 존재는 이전에도 이토록 비참했단 말인가?

11월 30일

난, 나는 아무래도 마음을 가라앉히지 못하겠네! 도처에서 어처구니없는 사건과 마주치니 말일세. 오늘도! 아아, 운명이여! 인간이여!

점심때 강변에 산책을 나갔네. 요즘 입맛이 없다네. 또한 모든 것이 처량하게만 보이네. 산에서 눅눅하고 차가운 서풍이 불고, 잿빛 비구름이 골짜기로 흘러들고 있었지. 멀리 초록색의 허름한 옷을 입은 사나이가 바위 사이를 기어 다니는 것이 보였네. 약초라도 찾고 있는 것 같았네. 내가 다가가자 발소리를 듣고 뒤를 돌아다보았는데, 사람의 마음을 끄는 생김새였네. 조용한 슬픔이 어리어 있는 얼굴로, 선량하고 정직한 인간미가 엿보였네. 검은 머리는 두 가닥으로 말아서 핀을 꽂았고, 남은 머리는 굵게 땋아서 등 뒤로 드리우고 있었네. 옷차림은 신분이 낮아 보였으므로, 그가 하는 일에 관심을 보여도 언짢게 여기지 않을 듯싶어서 무엇을 찾고 있느냐고 물었지.

"꽃을 찾아요" 하고 한숨을 후우 내쉬면서 그는 대답했네.

"그런데 한 송이도 보이지 않는군요."

"꽃필 철이 아니니까요." 나는 웃으면서 말했지.

"꽃은 얼마든지 있어요" 하고 그는 내가 서 있는 쪽으로 내려오면서 말했네.

"우리 집 뜰에는 장미와 인동초 두 종류가 있답니다. 그 중 하나는 아버지가 주신 것인데, 잡초처럼 많이 나 있죠. 벌써 이틀째 그걸 찾고 있는데, 보이지 않는군요. 이 근처에도 언제나 꽃이 피어 있지요. 노란 꽃, 파란 꽃, 빨간 꽃들이 말입니다. 센토리꽃도 예쁜 꽃이지요. 그런데 하나도 안 보이는군요."

나는 약간 이상한 기분이 들어서 슬쩍 에둘러서 물어 보았네.

"꽃을 따서 뭘 하려고 그러죠?"

그의 얼굴이 경련하는 듯한 기묘한 미소로 일그러졌네.

"아무에게도 말하면 안 돼요" 하고 그는 손가락을 입에 갖다 대고는 말을 이었네.

"저는 애인한테 꽃다발을 선물하기로 약속했거든요."

"그거 멋진데요" 하고 나는 말했지.

"아아! 제 애인은 다른 물건들은 많이 갖고 있어요. 부자거든요."

"그래도 당신의 꽃다발은 기쁘게 받겠지요."

"그녀는 보석을 갖고 있어요. 왕관도 갖고 있지요."

그가 말했네.

"그분의 이름은 뭡니까?"

"네덜란드 정부가 나에게 돈을 주었더라면" 하고 그는 엉뚱한 말을 했네.

"이렇게 되진 않았을 겁니다. 그래요, 옛날엔 좋았지요. 저는 살 만했습니다! 이젠 글렀어요. 지금은 저도……."

하늘을 우러러보며 눈물을 짓는 그의 눈이 모든 것을 말해 주고 있었네.

"그러면 그전에는 행복했었군요?" 하고 나는 물었지.

"아아! 다시 그런 날이 오면 좋겠어요. 그 무렵엔 행복했었지요. 즐겁고 기뻤어요. 물속을 헤엄쳐 다니는 물고기처럼!"

"하인리히!" 하고 부르는 소리가 들리더니, 한 노파가 우리 있는 쪽으로 다가왔네.

"하인리히, 여기 있었구나. 사방으로 찾아다녔다. 자, 가자. 밥 먹어야지."

"할머니의 아드님인가요?" 나는 노파에게 다가서며 물었네.

"네, 제 불쌍한 자식이랍니다" 하고 할머니는 대답했네.

"하느님께서 저에게 무거운 십자가를 지우셨어요."

"이렇게 된 지가 얼마나 됐습니까?" 하고 나는 물었지.

"이렇게 얌전해진 지는 반년쯤 되었어요. 그 전에는 꼬박 1년 동안 어찌나 날뛰고 행패를 부렸는지, 정신병원에서 사슬에 묶여 있었지요. 지금은 행패는 부리지 않습니다. 다만 언제나 임금님이 어쩌니 황제가 어쩌니 하는 소리만 한답니다. 원래는 온순하고 얌전한 아이였죠. 집안 살림도 도와주고 글씨도 잘 썼지요. 그런데 갑자기 뭔가 골똘히 생각에 잠기더니 고열이 나고, 그러고는 정신이 돌기 시작하더군요. 그랬다가 지금은 보시는 것처럼 이 모양이랍니다. 그 이야기를 하자면…….”

나는 그녀의 말을 가로막고 물었네.

“그토록 행복했었다, 즐거웠었다 하는 건 언제 얘긴가요?”

“바보 같은 소릴 또 했군요!”

노파는 연민의 미소를 머금고 말했네.

“완전히 정신이 돌았던 때를 얘기하는 거랍니다. 언제나 그걸 자랑삼아 얘기한답니다. 정신병원에서, 자기 자신을 전혀 알지 못하고 있었던 때의 이야기지요.”

그 말은 벼락처럼 내 가슴을 때렸네. 나는 노파의 손에 지폐를 한 장 쥐어 주고 얼른 그곳을 떠났네.

“네가 행복했던 때!”

시내를 향해 황망히 걸음을 재촉하면서 나는 외쳤네.

“네가 물속을 헤엄쳐 다니는 물고기처럼 행복했었던 때!”

하늘에 계신 주여! 당신은 인간의 운명을 이렇게 정하여 놓으셨나이까? 이성을 지니기 이전과, 이성을 잃어버린 이후를 제외하고는 행복해질 수 없도록! 가엾은 사나이여! 그래도 나는 그대의 슬픔과, 그대를 초췌하게 하는 정신착란이 부럽구나! 그대는 희망에 부풀어 행차한다. 그대의 여왕을 위하여 한겨울에 꽃을 따려 하다가 하나도 보이지 않는다면서 한탄을 하되, 어째서 꽃이 보이지 않는지는 모르고 있다. 그런데 나는 희망도 목적도 없이 나갔다가, 집을 나섰을 때와 똑같은 기분으로 돌아온다. 그대는 네덜란드 정부에서 월

급만 주었더라면 훌륭한 사람이 될 수 있었다고 몽상하고 있다. 행복한 사나이여! 행복해질 수 없는 까닭을 이 세상의 현실적인 장애물 탓으로 돌릴 수 있다니. 그대는 모르고 있네. 그대가 비참하게 된 원인이 산산이 파괴된 그대의 마음속에 있으며, 그대를 미치게 한 머릿속에 있음을. 그리고 지상의 어떤 권력으로도 그대를 거기서 구해 낼 수 없음을.

　신병을 고치기 위하여 약효가 있다는 먼 온천장으로 여행을 갔다가, 그 때문에 도리어 병이 악화되어 고통을 당하는 사람을 비웃을 수 있는 인간, 양심의 가책을 면하고 영혼의 고뇌를 없애기 위해 고난을 겪으며 그리스도의 무덤을 찾아 순례의 길을 떠나는 사람을 멸시할 수 있는 그런 인간은 위안도 받지 못한 채 죽을지어다. 길도 없는 길을 걸어가느라고 발바닥은 상처를 입을지라도, 그 한발짝 한발짝이 괴로워하는 영혼에게 있어서는 한 방울의 진통제가 되는 걸세. 고달픈 여행의 하루하루를 참고 견디어 낼 때마다 가슴 속의 무거운 짐은 그만큼 가벼워지고, 마음은 그만큼 평온해지는 걸세. 푹신한 소파에 앉아서 공허한 이론을 논하는 자들이여, 그대들은 이것을 망상이라 부를 권리가 있는가? 망상! 아아, 하느님! 저의 눈물을 보소서! 인간을 이토록 가난하게 창조하신 당신께서는 어찌하여 이 얼마 되지 않는 가난한 소유물과 당신께로 향한 얼마 되지 않는 믿음까지도 빼앗아가 버리는 동포를 덤으로 주셨나이까? 만물을 사랑하시는 주여! 약초를 믿으며, 포도즙의 효과를 믿는 그 마음은, 우리를 둘러싸고 있는 만물 속에 우리에게 한시도 없어서는 안 될 진정제와 치료제의 효력을 심어 놓으신 당신께로 향한 믿음이 아니고 무엇이겠습니까? 알 수 없는 하느님 아버지시여! 전에는 당신께서 제 영혼을 구석구석까지 충만케 해 주셨으나, 지금은 저를 외면해 버리셨습니다. 부디 저를 당신 곁으로 불러 주십시오. 이 이상은 침묵하지 마소서! 당신의 침묵은 갈망하는 이 영혼에겐 견딜 수 없는 것입니다. 뜻밖에 자기 아들이 돌아와서 매달렸을 때 화를 낼 수 있는 아버지가 있을까요? 그 아들은 외칩니다.

"아버지, 제가 돌아왔습니다. 노여워하지 말아 주십시오, 아버지의 뜻에 따라 좀 더 오래 참고 견디어 계속해야만 할 편력을, 저는 중도에서 그만두고 돌아왔습니다. 세상은 어디를 가나 마찬가지입니다. 고생을 하고 노동을 하면 보수와 기쁨을 얻을 수 있습니다. 그러나 그것이 저에게 무슨 의미가 있겠습니까? 저는 아버지가 계시는 곳이 가장 좋습니다. 아버지가 보시는 곳에서 괴로움도 즐거움도 맛보고 싶습니다."

하늘에 계신 아버지시여, 기어코 이 아들을 물리치시겠습니까?

12월 1일

빌헬름! 자네에게 이야기했던 그 사나이, 그 행복하고도
불행한 사나이는 로테의 아버지 밑에서 일하던 서기였다네.
로테를 사모하며 그것을 남몰래 가슴속에 간직하고 있다가,
마침내 그것을 고백한 끝에 해고당했다는 걸세. 가슴속의 열
정이 그를 미치게 한 거지. 이 덤덤한 편지를 읽고 알아서 헤
아려 주기 바라네. 그 이야기를 듣고 내가 얼마나 심한 충격
을 받았는가를. 알베르트는 태연히 이야기를 내게 해 주었지.
아마 자네도 태연히 이 글을 읽어 나갈 테지.

12월 4일

부디 내 마음을 헤아려 주게나. 나는 이제 끝장이네. 더 이
상 견딜 수가 없네! 오늘 나는 그녀 곁에 앉아 있었네. 그녀는
피아노를 치고 있었지. 갖가지 곡을, 온갖 감정을 나타내면
서! 온갖 감정을 다 말일세! 자네는 어떻게 생각하는가? 그
녀의 어린 여동생을 내 무릎에 앉히고 인형 옷을 입히고 있
었네. 나는 눈물이 날 것만 같았네. 고개를 숙였더니 로테의
결혼반지가 눈에 띄더군. 눈물이 왈칵 솟았네. 그때 그녀가
그 그리운, 황홀한 멜로디를 치기 시작하였네. 그것은 실로

돌발적이었어. 내 영혼은 구석구석까지 위로를 받았네. 그와 동시에 지나간 날들의 추억이 내 마음속에서 소용돌이쳤네. 전에 이 곡을 들었을 무렵의 일, 로테 곁을 떠나 있었던 음울했던 날들, 울화가 치밀었던 일, 차례차례 무너져 버린 희망 등등이. 나는 방 안을 이리저리 걸어다녔네. 복받쳐 오르는 감회에 숨이 막힐 것만 같았네.

"제발" 하고 나는 격렬한 감정에 못 이겨 로테 곁으로 내달으며 말했지.

"제발 그만두십시오!"

로테는 손을 멈추고 나를 빤히 쳐다보았네.

"베르테르" 하고 그녀는 웃으며 말했네. 그 미소는 내 마음속에 고스란히 스며들었네.

"베르테르, 몸이 편찮으신 모양이군요. 그렇게 좋아하시던 곡이 귀에 거슬리는 걸 보면. 그만 돌아가시도록 하세요. 그리고 제발 마음을 진정시키세요."

나는 훌쩍 그녀 곁을 떠났네. 하느님! 제 비참함을 보고 계시죠. 이 불행이 어서 끝나게 해 주십시오.

12월 6일

그녀의 모습이 어디를 가든지 나를 따라다닌다네! 그녀 모습이 자나깨나 항시 내 마음속을 차지하고 있네! 눈을 감으면 마음의 눈길이 쏠리는 머릿속에 그녀의 검은 눈동자가 나타나네. 바로 여기에! 딱 들어맞는 표현을 할 수가 없군. 어쨌든 눈을 감으면 나타나는 걸세. 바다와도 같이, 심연과도 같이, 그것은 내 앞에, 아니, 내면에 조용히 내 생각을 충만케 해 준다네. 반신(半神)이라 찬양받는 인간의 꼴을 보게나! 가장 힘을 필요로 하는 바로 그때에 힘이 빠져 버리니 말일세. 기쁨에 겨워 날뛸 때도, 슬픔의 구렁텅이에 빠져들 때도, 바야흐로 무한한 자의 충만 속으로 녹아 들어가 버리고 싶어지는 그 순간에, 언제나 덜미를 잡혀 둔하고 차가운 의식 속으로 끌려 되돌아오고 말지 않는가?

편집자가 독자에게

우리들의 친구 베르테르의 마지막 며칠간에 관해서 특기할 만한 자필 기록이 남아 있기를 얼마나 바랐는지 모릅니다. 왜냐면 이런 이야기를 하느라 그의 편지가 중단되는 일을 피하고 싶었기 때문입니다.

　나는 그의 신상에 관해서 잘 알고 있는 사람들로부터 직접 정확한 보고를 들어 보려고 노력했습니다. 그 일은 간단하였으며 몇 가지 사소한 점을 제외하고는 이야기가 모두 일치했습니다. 다만 관계자들의 심리 상태에 관해서만은 의견이 각각이었고, 판단도 구구하였습니다.
　결국 우리가 취할 수 있는 방법은, 지금까지 여러 모로 애써 얻어들은 이야기 자료를 양심적으로 서술하고, 고인이 남겨놓은 편지를 다 모아 넣고, 또 아무리 작은 쪽지라도 찾아낸 것은 소홀히 다루지 않는 것이었습니다. 특히 비범한 인간의 경우에는 아무리 단순한 행위일지라도 독특하고 진실한 동기를 찾아내기가 매우 어려운 만큼, 더욱 그러지 않을 수 없는 것입니다.

베르테르의 마음속에는 불만과 불쾌감이 점점 깊이 뿌리박혀 더욱 단단히 얽혀서 차츰 그의 존재를 사로잡고 말았습니다. 그의 정신의 조화는 완전히 깨어지고, 마음속의 흥분과 격정은 그의 본성이 지녔던 모든 힘을 뒤죽박죽으로 만들어서 가장 불행하게 작용하도록 했고, 마침내 그는 허탈 상태에 빠져들었습니다. 그는 이 허탈 상태에서 벗어나려 이제껏 불행했던 그 어느 때보다도 안간힘을 다했습니다. 그러나 그의 가슴속에 있는 불안감은 그의 정신이 지닌 다른 힘들, 그의 활기, 그의 날카로운 예지 등을 갉아먹었기에 그는 다른 사람들을 대하면서도 슬픔에 빠져 있을 뿐이었지요. 불행에 빠지면 빠질수록 고집을 부리고, 부당하게 행동하는 일도 많아졌다는 것입니다. 적어도 알베르트의 친구들은 그렇게 말하고 있습니다. 그들이 주장하는 바로는, 알베르트는 순수하고도 조용한 성격을 가진 인물로서 오랫동안 바라던 행복을 손에 넣은 다음 그 행복을 미래에까지 고이 간직해 나가기를 원했는데, 베르테르는 이 같은 알베르트의 태도를 제대로 평가하지 못했다는 것입니다. 말하자면 날마다 재산을 탕진해 버리고 저녁때에 굶주리고 괴로워하는 베르테르로서는 그럴 수밖에 없었다는 것입니다. 그들은, 알베르트가 그렇게 단기간에 변했을 리가 없으며, 베르테르가 원래 알고 있었던, 그리고 존경을 아끼지 않았던 그대로의 인물이었다는 것입니다. 그는 무엇보다도 로테를 사랑하였고 그녀를 자랑으로 여겼으며, 그녀가 모든 사람들에게 훌륭한 여성으로 인정받기를 원했다는 것입니다. 그가 조금이라도 의혹을 받을 만한 일을 회피했다고 해서, 지극히 순수한 방법일지라도 이 귀중한 보물을 누구와도 나누려 하지 않았다고 해서, 그것을 나쁘게 생각할 수 있겠습니까? 그뿐 아니라 그들은, 베르테르가 로테를 찾아갔을 때 가끔 알베르트는 아내의 방에서 나와 버렸다는 사실을 인정합니다. 그러나 그것은 친구인 베르테르에 대한 반감이나 증오심에서가 아니었고, 단지 그자리에 함께 있으면 베르테르가 압박감을 받을 것이라고 느꼈기 때문이라는 것입니다.

병에 걸려서 방 안에서만 지내게 된 로테의 아버지가 로테를 데려가려고 마차를 보냈습니다. 로테는 그 마차를 타고 갔습니다. 아름다운 겨울날이었고, 첫눈이 많이 내려 온통 눈에 뒤덮여 있었습니다.

베르테르는 다음날 아침 그녀의 뒤를 쫓아갔습니다. 알베르트가 그녀를 데리러 오지 않는다면 자기가 데리고 돌아올 생각이었습니다.

맑은 날씨에도 베르테르의 우울한 기분은 풀리지 않았습

니다. 그의 마음은 답답하게 억눌려 있었고 슬픈 기억들이
떠나지 않았습니다. 끊임없이 고통스러운 생각에 시달릴 뿐
이었습니다.

베르테르는 스스로에게 끝없는 불만을 품고 살아왔기 때
문에, 다른 사람들의 삶도 점점 수상하고 혼란스럽게 느껴졌
습니다. 그는 알베르트와 그의 아내 로테의 아름다운 관계를
자신이 방해했다는 생각에 스스로를 책망했습니다. 거기에
는 남편 알베르트에 대한 어렴풋한 반감도 섞여 있었습니다.

이번에도 길을 가는 도중에 그는 이런 생각에 부딪혔습니다.

"그래 그렇단 말이지" 하고 그는 남몰래 이를 갈며 혼잣말
을 했습니다.

"그것이 정답고 친절하고 어떤 일에도 터놓고 지내는 다
정한 관계란 말이지! 침착하고 영속되는 신의라고! 아니, 그
것은 권태롭고 무관심한 것이다! 그는 훌륭하고 소중한 아
내보다도 보잘것없이 하찮은 일들에 더 마음을 쏟고 있지 않
은가? 그는 자기의 행복을 평가할 줄이나 아는가? 그는 그녀
의 가치에 맞게 그녀를 존경할 줄 아는가? 그런데도 그는 그
녀를 차지하고 있다. 그래, 그는 그녀를 소유하고 있다. 그것
은 말하지 않아도 잘 알고 있는 사실이다. 그런 생각에는 벌
써 익숙해졌다고 여겼는데 아직도 그 생각을 하면 미칠 것만
같구나! 그 생각이 나를 죽일 것 같다. 도대체 그는 나에게
우정을 느낀단 말인가? 혹시 그는 로테에 대한 나의 애정을

자기 권리에 대한 침해로 생각하고, 그녀에 대한 관심을 자기에 대한 남모르는 비난으로 여기는 것은 아닐까? 나는 그렇다는 걸 잘 알고 있다. 분명하게 알고 있다. 그는 나를 만나기를 좋아하지 않는다. 내가 떠나기를 바라고, 나의 존재 자체를 부담스러워하고 있다."

베르테르는 몇 번이나 빠른 걸음을 멈추고 우뚝 서기도 하고, 되돌아가려고도 했다. 그러다가도 그는 매번 발걸음을 앞으로 내디뎠고, 이런 생각에 잠겨 혼자 중얼거리다가 어느덧 로테 아버지 소유의 수렵 별장에 다다랐습니다.

그는 현관으로 들어가서 노인과 로테에 관해서 물었는데 집안 분위기가 좀 어수선하게 느껴졌습니다. 맏아들의 말로는, 발하임에서 사고가 나서 농부 한 사람이 맞아죽었다는 것입니다! 그러나 그 소식은 그 이상의 아무런 충격도 주지 못했습니다. 그가 방에 들어서자, 로테는 노인을 열심히 설득하고 있었습니다. 노인이 몸이 불편한데도 사건을 조사하기 위해 현장에 나가려고 했던 것입니다. 범인은 아직 밝혀지지 않았으며, 죽은 남자는 아침에 문 앞에서 발견되었다고 합니다. 피살자는 어느 미망인의 머슴이었는데, 사람들은 그녀가 전에 부리다가 해고한 머슴이 불만을 품고 떠난 후 이 머슴을 고용한 거라고 추측하고 있었습니다.

그 말을 들은 베르테르는 펄쩍 뛰면서 소리쳤습니다.

"그럴 수가 있습니까! 제가 가봐야겠어요! 한시도 지체할 수 없어요!"

그는 급히 발하임으로 떠났습니다. 기억이 생생하게 되살아났습니다. 그동안 여러 번 이야기를 나누었고 무척이나 소중하게 생각했던 그 사내가 범행을 저질렀음은 의심할 여지가 없었습니다.

시체가 놓여 있는 그 주막으로 가기 위해서는 보리수나무 아래를 지나가야 했습니다. 그토록 좋아했던 그 장소가 갑자기 두렵게 느껴졌습니다. 이웃집 아이들이 곧잘 놀던 문지방이 피로 물들어 있었습니다. 인간의 가장 아름다운 감정인 사랑과 신의가 폭력과 살인으로 변해 버린 것입니다. 커다란 보리수들은 잎사귀가 다 떨어지고 가지에는 서리가 내렸으며, 묘지의 나지막한 돌담 위로 우거졌던 아름다운 생울타리는 잎이 져버려서 그 틈으로 눈 덮인 비석들이 들여다보였습니다.

주막 앞에는 온 마을 사람들이 모여 있었는데, 그가 다가가자 갑자기 고함 소리가 들렸습니다. 멀리 무장한 사람들이 떼지어 있는 것이 눈에 띄었고, 모두들 범인을 잡아오는 것이라고 소란을 떨었습니다. 베르테르가 그쪽을 바라보니 의심할 여지가 없었습니다. 그자는 미망인을 열렬히 사랑하던 머슴이었습니다. 얼마 전에 남모르게 분노와 절망을 품고 헤매다가 베르테르와 만났던 바로 그 머슴이었습니다.

"이 딱한 사람아, 어쩌다가 그런 짓을 저질렀나!" 하고 베르테르는 붙잡혀 온 사람에게 달려들며 외쳤습니다. 그자는 베르테르를 바라보며 잠자코 있더니 마침내 차분하게 대답했습니다.

"아무도 주인아주머니를 차지하진 못해요. 그녀 역시 어떤 남자도 차지하지 못할 겁니다."

잡혀온 남자는 주막 안으로 끌려 들어갔고, 베르테르는 바삐 그 자리를 떠났습니다.

이 끔찍한 충격으로 베르테르의 마음은 송두리째 흔들리며 뒤죽박죽이 되었습니다. 그는 자신의 슬픔, 불만, 냉담한 자포자기 상태에서 순간적으로 벗어날 수 있었습니다. 그는 견디기 어려울 정도로 동정심에 사로잡혔으며, 그 남자를 구해 주고 싶은 강렬한 욕망에 사로잡혔습니다. 그는 그 남자가 너무나 불쌍했습니다. 설사 범인이라고 할지라도 그에겐 아무 죄가 없다고 생각했습니다. 그와 자신의 입장을 바꿔서 생각하게 되자 다른 사람들에게 그가 무죄라는 사실을 설득할 수 있다고 믿었습니다. 그는 이 사람을 변호하고 싶었고, 열렬한 변론의 말들이 목을 통해서 입술까지 차올랐습니다. 그는 수렵별장을 향해서 급히 걸어가면서도 법무관에게 진술할 말을 삭은 소리로 모조리 중얼거리지 않을 수 없었습니다.

방에 들어가 보니 알베르트가 와 있었고, 베르테르는 순간적으로 기분이 상했습니다. 그러나 그는 마음을 가다듬고 법무관에게 자기 생각을 열정적으로 이야기했습니다. 법무관은 여러 번 고개를 가로저었습니다. 베르테르가 최대의 열정을 가지고 진심으로 한 인간이 다른 인간을 변호하는 데 필요한 모든 말을 남김없이 동원하였건만, 쉽게 추측할 수 있듯 법무관은 조금도 감동하지 않았습니다. 그렇기는커녕, 우리 친구의 말이 끝나기를 기다리지도 않고, 강경하게 반박을 하며 그가 살인범을 옹호하고 있다고 오히려 비난했습니다. 베르테르식대로라면 모든 법률은 효력을 잃을 것이고 국가의 질서는 완전히 파괴되고 말 것이라고 주장하면서, 이런 일은 자기가 최고의 책임자로서 모든 것을 규칙대로 질서정연하게 처리할 수밖에 없다고 했습니다.

베르테르는 그래도 굽히지 않고 그 사람이 도망치도록 도와주는 사람이 있더라도 너그럽게 봐달라고 간청했습니다. 그러나 법무관은 그것조차 거절했습니다. 마침내 알베르트마저 이야기에 끼어들어 늙은 법무관의 편을 들었습니다. 베르테르는 결국 그 두 사람의 완강함에 압도되고 말았습니다. 법무관이 "안 돼요. 그 사람을 구원할 길은 없어요"라고 말하는 소리를 듣고서, 베르테르는 말할 수 없이 괴로운 표정을 지으며 그곳을 떠났습니다.

이 말이 얼마나 베르테르에게 심한 충격을 주었는지에 대해서는 그의 서류 속에 끼여 있는 쪽지 한 장을 보아도 알 수 있습니다. 그것은 틀림없이 그날 쓰인 것입니다.

불쌍한 사람, 그대는 구원받을 수 없다! 우리가 살아날 수 없다는 사실을 나는 잘 알고 있다.

알베르트가 법무관 앞에서 체포된 사람에 관해서 한 말이 베르테르의 비위에 몹시 거슬렸습니다. 그 말 속에는 자신에 대한 반감이 깃들어 있다고 느꼈기 때문입니다. 원래 그는 명석한 사람이라서 곰곰이 생각해 보았다면 이 두 사람의 말이 옳다는 사실을 모를 리 없었지만, 막상 그것을 시인하고 인정한다면 자기 존재의 가장 내밀한 부분을 포기하는 것처럼 느껴졌던 것입니다.

이것과 관련된 쪽지가 그가 남겨놓은 서류 가운데서 발견되었는데, 아마도 베르테르와 알베르트와의 관계를 남김없이 알려 줄 것이라고 생각됩니다.

그가 훌륭하고 착한 사람이라고 혼자 몇 번이고 되풀이해서 말해 봤자 무슨 소용이 있겠는가! 오장육부가 찢어지는 듯해서 난 도저히 공정해질 수가 없네.

포근한 저녁이었고 눈이 녹기 시삭한 날씨였기 때문에 로테는 알베르트와 함께 걸어서 돌아왔습니다. 그녀는 걸으면서 몇 번이나 뒤를 돌아다보았는데, 마치 베르테르가 따라오지 않는 것을 서운해 하는 것 같았습니다. 알베르트는 베르테르에 관해서 이야기를 끄집어내고는 그의 공정하지 못한 태도를 비난했습니다. 알베르트는 베르테르의 불행한 열정에 대해서 언급하고 그럴 수만 있으면 그를 멀리하고 싶다고 말했습니다.

"우리 두 사람을 위해서도 그것이 바람직하다고 생각해요"하고 그는 말했습니다.

"제발 부탁이니, 앞으로 그가 당신을 대하는 태도를 고치고, 너무 자주 집으로 찾아오지 않도록 해봐요. 사람들의 이목을 끌게 될 거요. 벌써 여기저기서 소문이 돌고 있는 모양이오."

로테는 아무 말도 하지 않았는데, 그녀의 침묵이 알베르트 마음에 걸렸던 모양입니다. 적어도 그때부터 그는 두 번 다시 로테에게 베르테르의 이야기를 비치지 않았으며, 로테가 베르테르의 이야기를 끄집어내도 그는 이야기를 중간에서 그만두거나 다른 데로 화제를 돌려버리곤 했습니다.

베르테르가 그 불쌍한 사람을 구원해 보려고 온갖 힘을 기울였던 것은 꺼지려고 가물거리는 등불의 마지막 불길이었습니다. 그는 더욱 깊은 고통과 무위(無爲) 속에 빠져 들어갈 뿐이었습니다. 특히 범인이 범행을 완강히 부인하고 있어서 자신이 증인으로 소환될지도 모른다는 이야기를 들었을 때, 그는 거의 실신할 지경이었습니다.

이제껏 사회생활에서 겪었던 불쾌한 일, 공사관에서의 화나는 일, 지금까지 저지른 실수, 여태까지 참았던 감정적인 일들, 이런 일들이 주마등처럼 그의 머리를 스쳐갔습니다. 그는 이러한 일을 겪었기 때문에 자기가 허송세월하게 된 것도 당연하다고 느끼게 되었습니다. 장래에 대한 희망이 모두 끊어져 버렸고 사회 활동을 하려고 해도, 기회가 없을 거라고 생각했습니다. 이리하여 그는 마침내 자기의 특이한 감정과 사고방식, 끝없는 열정에 몸을 맡기고, 사랑하는 여성과 언제까지나 슬픈 관계를 단조롭게 계속하면서, 그녀의 평화로운 삶을 방해하는 동시에 무리하게 목적도 없이 힘을 소진하면서 점점 더 슬픈 종말을 향해서 다가갔습니다.

그의 정신의 혼란과 정열, 끊임없는 몸부림과 노력, 삶의 권태에 대해 확실한 증거가 되는, 그가 남기고 간 몇 통의 편지를 여기에 소개하겠습니다.

12월 12일

사랑하는 빌헬름, 나는 지금, 그 사악한 귀신이 씌었다고 여겼던 그 불행한 사람들과 같은 상태에 저해 있다네. 때때로 뭔가가 나를 엄습해 오는 걸세. 그것은 불안도 아니고, 욕망도 아니고, 내면의 불가해한 발광이라네. 그것이 내 가슴을 쥐어뜯고, 내 목을 조른다네! 아아 고통! 고통이여! 나는 인간에게 괴로움을 주는 이 계절의 황량한

밤 풍경 속으로 나가 헤맨다네.

어젯밤에도 나는 밖으로 나가지 않고는 버틸 수가 없었네. 갑자기 눈 녹은 물이 불어나서 강물이 범람했다는 소리를 들었거든. 강마다 물이 넘치고, 발하임의 아래쪽 그 그리운 골짜기가 물에 잠겼다는 거야. 밤 11시가 지나서 나는 집을 뛰쳐나왔네. 무시무시한 광경이었네. 바위 위에 서서 내려다보니까, 달빛 속에서 탁류가 소용돌이치고 있었네. 밭도 목장도 산울타리도, 모두가 그 모습을 감추었고, 넓은 골짜기는 온통 바람이 휘몰아치는 거친 파도로 변해 있었네! 이윽고 검은 구름 속에 숨었던 달이 다시 얼굴을 내밀자, 그 물바다는 섬뜩하리만큼 아름답게 빛을 반사하면서 저 먼 곳을 향해 요란하게 굽이치며 내 눈앞에서 흘러가는 것이었네. 전율이 느껴지면서 그리움이 나를 엄습하였네. 아아, 나는 두 팔을 벌리고 심연을 향하여 선 채 깊이깊이 숨을 들이쉬었네. 그리고 이 괴로움, 이 번뇌를 노도처럼 휩쓸어가 버리는 환희에 싸여 넋을 잃었네. 아아, 그러나 나는 땅에서 발을 뗌으로써 모든 고통을 종식시켜 버릴 수는 없었네. 내 운명의 모래시계는 아직도 모래가 다 흘러내리지 않았던 걸세. 나는 그것을 절실히 느꼈네.

아아, 빌헬름! 저 폭풍우로 구름을 헤치고 대홍수를 일으킬 수만 있다면, 나는 인간으로서 나의 존재를 기꺼이 내던질 텐데. 아, 그런 큰 기쁨이 지상에 묶여 있는 몸에도 언젠가는 주어지지 않겠는가?

　언젠가 어느 무더운 날 어두운 마음으로 산책을 나갔다가 로테와 함께 쉬었던 그 그리운 버드나무 아래를 내려다보니, 그곳도 물에 잠겨 있었네. 버드나무도 거의 알아볼 수가 없었네. 로테네 목장, 로테네 별장 주위는 어떻게 되었을까, 우리의 정자는 격류에 볼품없이 허물어져 버렸겠지, 하는 생각들에 잠겨 있는 사이에, 마치 죄수가 마음속으로 가축 떼와 목장, 영광스러운 직위에 대한 꿈들을 꾸는 것처럼, 지나간 날들의 햇살이 내 마음 속에 비쳐들었네. 나는 그대로 한참을 서 있었네! 나는 이제 나 자신을 책망하지 않네. 죽을 용기는 있으니까. 나는…… 그러나 지금 나는 여기에 노파처럼 앉아 있네. 죽음을 향하여 다가가고 있는, 기쁨도 없는 생명을 한 순간이라도 더 연장하고 유지하기 위하여 남의 집 울타리에서 땔나무를 주우며, 이집 저집에서 빵을 구걸하는 노파처럼 말이네.

　12월 14일

　이게 도대체 어인 일일까, 친구여. 내가 나 자신에게 놀라다니 말이야! 로테에 대한 나의 사랑은 더없이 성스럽고 순수한 마치 남매와 같은 사랑이 아니었던가? 일찍이 단한 번이라도 내 가슴에 죄가 될 만한 소망을 품은 적이 있었던가? 단언은 못하겠네. 그런데 꿈이란 것은! 아아, 이토록 모순된 갖가지 작용을 불가사의한 힘의 조화로 돌려버린 사람들의 느낌은 진실한 것일세! 어젯밤! 이야기만해도 몸이 떨리네. 나는 그녀를 꽉 끌어안고, 사랑을 속삭이는 그녀의 입술에 끝없는 키스를 퍼부었다네. 나의 눈은 그녀의 황홀해진 눈 속에 어리어 있었네. 오, 하느님! 저는 벌을 받아야 할까요? 지금도 그 불길 같은 기쁨을 설레는 마음으로 되살리면서, 형언할 수 없는 행복을 느끼고 있으니 말입니다. 로테! 로테! 이제 끝이 나려나 보네! 감각이 혼란에 빠지고, 벌써 일주일 동안이나 사고력을 상실하고 있어. 눈에는 언제나 눈물이 그득하네. 어디를 가나 즐겁지가 않네. 그런가 하면 어디를 가도 즐겁네. 아무런 소망도 희망도 없어. 이제 나는 떠나는 편이 나을 것 같네.

이 세상을 하직하고자 하는 결심은 이 시기에 베르테르의 마음속에 점점 더 굳어져 갔습니다. 로테의 곁으로 돌아온 이후로 그것은 언제나 그의 마지막 바램이자 희망이었습니다. 그러나 그는 스스로를 타이르고 있었습니다. 그 행위가 조급하고 경솔한 것이 되어서는 안 된다, 최고의 확신과 더불어 가능한 한 침착하고 단호하게 결행해야만 한다고 말입니다. 그의 회의와 자기 자신과의 갈등을 엿볼 수 있는 쪽지가 있습니다. 빌헬름 앞으로 쓴 편지의 첫머리인 듯한데, 날짜는 없고, 역시 다른 글들과 함께 발견된 것입니다.

그녀가 면전에 있다는 사실, 그녀의 운명, 내 운명에 대한 그녀의 연민, 그러한 것들이 재가 되어 버린 내 머릿속에서 아직도 최후의 눈물을 짜내고 있네.

장막을 들어 올리고 그 안으로 들어간다! 단지 그뿐 아닌가! 그런데 이 망설임은 어떻게 된 건가? 그 안이 어떤 곳인지 모르기 때문일까? 한 번 들어가면 다시는 돌아오는 자가 없기 때문일까? 확실한 것을 알지 못하면 혼란과 암흑을 예상하게 되지. 그것이 우리네 인간정신의 특성이 아니던가!

마침내 베르테르는 자신의 슬픈 생각에 점점 더 익숙해지고 친밀해졌으며, 그의 결심은 이제 돌이킬 수 없는 것이 되었습니다. 그에 대해서는 빌헬름 앞으로 보낸, 뜻 깊은 내용의 편지가 한 증거가 될 것입니다.

12월 20일

고맙네, 빌헬름. 그 말을 그렇게 받아주다니 자네의 우정에 감사를 표하네. 물론 자네 말은 옳네. 나는 떠나는 편이 나을 걸세. 그러나 자네들 곁으로 돌아오라는 제안에는 따를 수가 없네. 나는 역시 먼 곳으로 떠나고 싶네. 계속되던 추위도 끝나고 길도 좋아질 것이니 말일세. 자네가 나를 데리러 와 주겠다는 말, 정말 고맙네. 다만 두 주일 정도 더 미루어 주게나. 나중에 편지로 자세한 것을 알려 줄 테니까, 그때까지만 기다려 주게. 무엇이든 무르익기 전에는 따지 말아야 하는 법이거든. 두 주일 동안 더 있고 덜 있는 것의 차이는 대단한 것일세. 어머니께 말씀 좀 전해 주게. 아들을 위해 기도해 달라고. 그리고 여러 가지로 쓰라린 일을 겪게 해 드린 것을 부디 용서해 달라고. 기쁘게 해 주어야 할 사람들을 슬프게 하는 것이 나의 운명인가 보네.

잘 있게, 가장 친애하는 나의 친구여. 하늘의 모든 축복이 자네에게 내리기를! 잘 살게나!

이 무렵에 로테의 마음속에 어떤 생각이 오가고 있었으며, 남편에 대한 배려와 그녀의 불행한 친구에 대한 상념이 어떠했는지를 말로 표현한다는 것은 곤란합니다. 다만 우리는 로테의 성품을 잘 알고 있기에 미루어 짐작은 할 수가 있겠고,

게다가 상냥한 마음씨를 지닌 여성이라면 로테의 심정이 될수도 있고, 동병상련을 느낄 수도 있을 것입니다.

허나 이것만은 분명합니다. 로테는 베르테르를 멀리하기 위하여 모든 수단방법을 강구하려고 굳게 마음먹었습니다. 로테가 그 실행을 망설였다면, 그것은 친구에 대한 진정한 배려 때문이었습니다. 그것이 베르테르에게 얼마나 힘겨운 희생이 될지, 아니, 거의 불가능한 일이라는 것을 그녀는 너무도 잘 알고 있었던 것입니다. 그러나 시간이 흐름에 따라 그녀는 정말 진지하게 그 결심을 실행하지 않을 수가 없었습니다. 그녀의 남편은 계속해서 침묵을 지키고 있었습니다. 그런 만큼 그녀도 남편을 향한 자기의 마음을 행동으로 보이는 일이 중요하다고 생각되었던 것입니다.

마지막에 수록한 편지는 베르테르가 친구 앞으로 쓴 것으로 크리스마스를 앞둔 일요일이었는데, 그날 저녁때 그는 로테를 찾아갔습니다. 로테는 혼자 있었습니다. 그녀는 마침 어린 동생들을 위한 크리스마스 선물인 장난감을 정리하고 있는 중이었습니다. 베르테르는 아이들의 기쁨을 예상하고, 자기의 유년시절, 갑자기 문이 열리면 촛불이며 과자며 사과 등으로 장식된 트리가 눈앞에 나타나서 천국에 들어간 것같이 황홀한 기분이 되었던 이야기를 했습니다.

"당신에게도" 하고 로테는 사랑스러운 미소로 당혹스러운 심정을 감추며 말했습니다.

"당신에게도 선물이 있을 거예요. 얌전하게 계시면요. 기다란 양초라든가 그런 걸……."

"얌전하게 있는다는 건 무슨 뜻인가요?" 하고 베르테르는 외쳤습니다.

"어떻게 하면 되는 겁니까, 로테?"

"목요일 저녁이 크리스마스이브예요. 아이들도 오고 아버지도 오십니다. 모두들 각각 선물을 받게 되지요. 그때 당신도 오세요. 그렇지만 그 전에는 오시지 마세요."

베르테르는 가슴이 철렁했습니다.

"부탁드려요" 하고 로테는 말을 이었습니다.

"어쩔 도리가 없어요. 저를 안정시키는 일이라고 생각하시고 제발 그렇게 해 주세요. 이대로 가다간 아무래도 안 되겠어요."

베르테르는 그녀에게서 눈길을 돌리고, 방 안을 오락가락하면서 입 속으로 중얼거렸습니다.

'이대로 가다간 안 된다…….'

그러한 거동으로 베르테르가 어떤 상태인지를 알아챈 로테는, 이런 말 저런 말을 하면서 그의 마음을 풀어 주려 했으나 소용이 없었습니다.

"좋아요, 로테" 하고 베르테르는 외쳤습니다.

"이제 다시는 당신을 만나지 않겠습니다!"

"어째서 그런 말씀을 하세요? 베르테르, 당신은 저희 집에 오셔도 좋고, 또 오셔야만 해요. 다만 지나치지만 않게 해 주세요. 아아, 어째서 당신은 이토록 격렬하게, 한 번 손에 잡은 것을 꼭 붙잡고 놓지 않으려 하실까요? 무슨 일에나 정열을 쏟으면 억누르지 못하는 성품이시군요!"

로테는 베르테르의 손을 잡고 말을 이었습니다.

"제발 분수를 지켜 주세요! 당신만한 인격, 당신만한 학식, 당신만한 재능이면 달리 얼마든지 재미있는 일을 즐기실 수가 있어요. 남자다워지도록 해보세요. 저 같은 여자에게 이런 슬픈 애착을 갖지 마시고, 당신을 측은하게 생각하는 일 이외에는 아무것도 해 드릴 수가 없는 여자인걸요."

베르테르는 이를 악물고 어두운 표정으로 로테를 보았습니다. 로테는 그의 손을 잡은 채로 말했습니다.

"잠깐만 차분히 생각해봐 주세요, 베르테르! 당신은 당신 자신을 속이고 있는 거예요. 일부러 자신을 파멸시키려고 하고 있는 거예요. 그렇게 생각되지 않으세요? 어째서 저를? 저는 남의 아내인데 어째서 이런 사람을……. 저는 이런 생각이 들어요. 저를 당신 것으로 할 수가 없다, 그럴 수 없다는 사실에 당신의 마음이 끌리고 있는 게 아닐까요? 그렇지 않을까요?"

베르테르는 로테에게 잡혀 있던 손을 빼내고, 불쾌한 표정으로 상대방을 빤히 들여다보았습니다.

"훌륭하시군요!" 하고 베르테르는 외쳤습니다.

"정말 훌륭하십니다. 알베르트가 그런 말을 꾸며 낸 거로 군요. 전략가야, 훌륭한 전략가!"

"그 정도 말이야 아무라도 할 수 있어요."

로테가 응수했습니다.

"이 넓은 세상에 당신의 소망을 채워 줄 만한 아가씨가 한 사람도 없을까요? 한번 찾아보세요. 틀림없이 그런 사람이 눈에 띌 거예요. 이런 말씀을 드리는 건 벌써 오래 전부터, 당신을 위해서나 저희들을 위해서나 걱정스러워 견딜 수가 없었기 때문이에요. 요즘의 당신은 일부러 자신을 좁은 세계로 몰아넣고 있는 것 같아요. 결단을 내리세요! 여행을 하면 틀림없이…… 기분도 풀릴 거예요! 부디 당신에게 어울리는 좋은 분을 찾아내도록 하세요. 그렇게 해서 우리가 진정한 우정을 누릴 수 있었으면 좋겠어요."

"그 말을 인쇄를 해서 온 세상의 가정교사들에게 나누어 주시지요. 로테, 앞으로 얼마간만 더 나를 내버려두어 주십시오. 그러면 만사가 다 잘될 테니까요!"

베르테르는 차갑게 웃으며 말했습니다.

"아무튼 베르테르, 크리스마스이브 전에는 오지 마세요, 네?"

베르테르가 뭐라고 대답을 하려 했을 때 알베르트가 방 안으로 들어왔습니다. 두 사람은 어색한 저녁인사를 나누고, 둘 다 거북한 듯 방 안을 서성거렸습니다. 베르테르는 내용도 없는 잡담을 꺼냈으나, 그것도 곧 바닥이 나고 말았습니다. 알베르트도 마찬가지였습니다. 그러다가 알베르트는 아내에게, 자기가 부탁했던 일은 어떻게 했느냐고 물었다가, 아직 하지 못했다는 대답을 듣고는 두세 마디 잔소리 비슷한 말을 했습니다. 베르테르에게는 그것이 매우 차갑게 들렸습니다. 돌아갈 기회를 놓치고 망설이는 사이에 여덟 시가 됐습니다. 불만과 불쾌감은 점점 더해 갈 뿐이었는데, 저녁식사 준비가 다 되었을 때에야 베르테르는 모자와 단장을 집어 들었습니다. 알베르트가 좀 더 있다가 천천히 가라고 권했으나, 속이 들여다보이는 소리 같아서 퉁명스레 사양을 하고 밖으로 나왔습니다.

그는 바로 집으로 돌아왔습니다. 하인이 등불을 들고 나오자 그것을 받아 들고 혼자 자기 방으로 들어갔습니다. 그러고는 큰 소리를 내며 울고, 흥분한 목소리로 혼잣말을 하였으며, 방 안을 조급하게 오락가락하더니, 마침내 옷을 입은 채로 침대에 벌렁 드러누웠습니다. 열한 시경에 하인이 조심스레 들어가 보니까, 그는 그대로 누워 있었습니다. 장화를 벗겨 드릴까요, 하고 하인이 묻자 그는 순순히 그러라고 하고는, 내일 아침엔 부를 때까지 방에 들어오지 말라고 일렀습니다.

12월 21일, 월요일 아침에 베르테르는 로테 앞으로 다음과 같은 편지를 썼습니다. 이 편지는 그가 죽은 후에 그의 책상 위에서 봉해진 채 발견되었고, 그대로 로테에게 전해졌습니다. 여러 가지 사정으로 미루어 그가 이 편지를 단편적으로 썼다는 것이 분명하므로, 그 순서에 따라 일부분씩 끊어서 삽입하기로 합니다.

　　로테, 결심했습니다. 나는 죽으려고 합니다. 낭만적인 과장 없이, 담담하게 당신을 마지막으로 만난 다음날 아침에 이 글을 쓰고 있습니다. 나의 가장 사랑하는 사람이여, 당신이 이 글을 읽을 때쯤에는 이미 차가운 무덤이 불행한 사나이의 경직된 몸을 덮고 있을 것입니다. 생애의 마지막 순간까지도 당신과 더불어 이야기하는 것보다 더 큰 행복을 알지 못한 사내였습니다. 무서운 하룻밤을 지새웠습니다만, 아아, 그것은 감사해야만 할 밤이기도 했습니다. 결심을 확실히 굳혀 준 밤이었으니까요. 나는 죽겠습니다! 어제 몹시 흥분하여 떨쳐내듯이 당신과 헤어져 돌아왔는데, 그런 뒤에 조금 전에 있었던 일이 한꺼번에 내 마음 속에 밀려들었고, 희망도 없고 기쁨도 없는 존재로 당신 곁에 있다는 것을 생각하니 소름끼치는 차가움이 엄습합니다. 간신히 내 방으로 돌아와서 정신없이 꿇어앉았습니다. 그리고 아아, 하느님은 나에게 더없이 쓴 눈물을 최후의 위안으로 내려 주셨습니다. 갖가지 계획과 기대가 뒤를 이어 내 마음 속에서 어지럽게 설쳤으나, 한 가지 계획이 확고하게 세워졌습니다. 나는 죽겠습니다! 그대로 자리에 누웠습니다. 아침에 눈을 떴을 때, 진정된 가운데서도 죽어 버리고 싶은 생각은 확고하게, 조금도 동요됨이 없이 마음에 뿌리를 내리고 있었습니다. 나는 죽겠습니다. 이것은 결코 절망이 아닙니다. 내가 끝까지 참고 견디다가 당신을 위하여 희생하고자 하는 뜻일 뿐입니다. 로테! 이 사실을 말하면 안 되는 걸까요? 우리 세 사람 가운데 누군가 한 사람은 떠나야만 합니다. 내가 그 한 사람이 되려는 것입니다. 아아, 사랑하는 이여! 갈가리 찢어진 이 가슴 속에서는 몇 번이나 어떤 생각—당신 남편을 죽일까? 당신을, 아니, 나를?—이 미친 듯이 맴돌았습니다. 그러나 그것도 이미 지난 일입니다. 아름다운 여름날 저녁, 언덕 위에 올라가시거든 부디 나를 생각해 주십시오. 그 골짜기 길을 내가 자주 올라갔었던 일을 되새기며 건너편에 있는 내 무덤에 눈길을 보내 주십시오. 넘어가는 저녁 햇살 속에 무심하게 자란 풀이 바람에 흔들리고 있을 것입니다. 이 글을 쓰기 시작했을 때는 냉정했었는데, 지금은, 그런 정경이 너무나도 생생하게 눈앞에 떠올라 어린애처럼 울고 있습니다.

열 시경에 베르테르는 하인을 불렀습니다. 그리고 옷을 입으면서 2~3일 안으로 여행을 떠날 테니, 옷가지에 손질을 하고 짐을 꾸릴 준비를 해 두라고 일렀습니다. 또 지불할 것이 있는 곳에는 빠짐없이 계산서를 받아오고, 빌려 준 몇 권의 책도 찾아오도록 했습니다. 그리고 매주 얼마씩 기부해 온 몇몇 가난한 사람들에게 두 달분의 돈을 미리 챙겨 주도록 일렀습니다.

베르테르는 음식을 방으로 가져오게 하여 식사를 마친 다음, 말을 타고 법무관의 집으로 갔습니다. 법무관은 부재중이었습니다. 그는 깊은 상념에 잠겨서 정원을 이리저리 왔다 갔다 했습니다. 죽기 전에 모든 추억들을 자기 마음속에 차곡차곡 쌓아 두려고 하는 것처럼 보였습니다.

아이들이 언제까지나 그를 조용히 내버려 둘 리가 없었습니다. 그를 뒤쫓아와서 달라붙으며 내일, 그 다음 내일, 그리고 또 하루가 더 지나면, 로테 언니 집에 가서 크리스마스 선물을 받을 거라면서, 그들의 어린 상상력이 기대할 수 있는 최대한의 놀라움을 그에게 이야기하는 것이었습니다.

"내일, 그 다음 내일, 그리고 또 하루가 지나면!"

베르테르는 외친 다음, 아이들에게 다정하게 키스를 하고 떠나려 했습니다. 그때 막내가 그의 귀에다 대고 속삭였습니다. 형들이 예쁜 연하장을 썼다는 것이었습니다. 커다란 연하장을 썼는데 한 장은 아빠에게, 알베르트하고 로테에게도 한 장 그리고 베르테르에게도 한 장을 써서 설날 아침에 주겠다고 했습니다. 베르테르는 이 이야기에 가슴이 찡해졌습니다. 아이들에게 몇 푼씩 돈을 쥐어 주곤 아버지께 안부 전해 달라고 부탁한 다음, 그는 눈에 눈물이 글썽한 채 말을 타고 그곳을 떠났습니다.

다섯 시경에 집에 당도한 그는 하녀에게 난롯불을 잘 살펴서 밤늦게까지 꺼지지 않도록 하라고 일렀습니다. 하인에게는 아래층에 있는 책을 트렁크에 넣고, 옷가지들은 여행가방 속에다 챙겨 두라고 일렀습니다. 아마도 그 뒤에, 로테 앞으로 보낸 마지막 편지 가운데 다음 부분을 쓴 것 같습니다.

내가 오리라고 기대한 건 아니겠지요! 당신 말대로 크리스마스이브 전에는 가지 않을 것으로 생각하고 있겠지요. 아아, 로테! 그러나 오늘 한 번만 더! 그렇지 않으면 영원히 만날 기회가 없습니다. 크리스마스이브에 당신은 이 편지를 손에 들고 부들부들 떨면서, 눈물로 적실 것입니다. 나는 결행하고자 합니다. 실행에 옮겨야만 합니다. 아아, 결심을 굳히고 나니 어쩌면 이토록 후련할까요.

한편 로테는 특별한 상태에 빠져 있었습니다. 베르테르와 그 마지막 대화를 나눈 뒤에 그녀는 그와 헤어지는 것이 얼마나 가슴 아픈 일이며, 베르테르도 또한 자기와 헤어지는 것을 얼마나 슬퍼할까 하는 것을 사무치게 느끼고 있었습니다.

베르테르가 크리스마스이브 전에는 찾아오지 않으리라는 것을, 그녀는 알베르트에게 넌지시 이야기해 두었습니다. 그런데 알베르트는 이웃마을의 어느 관리 집에 볼일이 있어서, 그날 밤은 거기서 묵기로 되어 있었습니다.

그래서 로테는 혼자 있었습니다. 동생들도 와 있지 않았습니다. 그녀는 조용히 자신의 처지를 생각해 보았습니다. 그녀는 자기가 남편과 영원히 맺어져 있다고 여겼습니다. 그녀는 남편을 사랑하고 있었습니다. 남편이 지닌 그 침착성과 믿음직스러운 성품은 그녀가 착한 아내로서 평생의 행복을 그 위에 이루어 나갈 수 있도록 하늘에서 주신 것이라고 생각하였습니다. 남편이 자기에게, 또 아이들에게 언제까지나 더없이 소중한 존재가 될 것이라는 것도 알고 있었습니다. 그러나 한편으로는 베르테르도 대단히 소중한 존재가 되어 있었습니다. 서로 알게 된 최초의 순간부터 두 사람은 서로 일치하는 점이 많았습니다. 오래 계속된 만남으로 지금까지 경험한 갖가지 일들이 그녀의 마음에 지울 수 없는 인상을 남겼습니다. 그녀가 흥미롭게 느끼거나 생각한 일들은 모두 그와 공감한 것이었으므로, 지금 헤어져야만 한다면 그녀의 마음에 돌이킬 수 없는 허전함이 자리할 것 같았습니다. 아아, 차라리 베르테르와 오누이간이라면! 그러면 그녀는 얼마나 행복할까? 그녀의 친구 가운데 한 사람과 결혼시킬 수는 없을까? 그러면 베르테르와 알베르트의 사이도 다시 이전으로 되돌아갈 수 있을 텐데!

로테는 자기의 여자친구들을 한 사람씩 차례차례 생각해

보았습니다. 그러나 어느 친구나 모두 어딘가 결점이 있어서, 베르테르와 짝지어 줘도 좋을 만한 친구는 찾을 수 없었습니다.

이러한 일들을 이것저것 생각하고 있는 동안에, 그녀의 의식 속에 분명히 떠오른 것은 아니지만, 베르테르를 곁에 붙들어 두고 싶은 것이 자기의 은밀한 소망이라는 사실을 비로소 깨달았습니다. 그와 동시에 그녀는, 베르테르를 붙들어 둘 수는 없으며, 그것은 용납될 수 없는 일이라고 자기 자신을 타일렀습니다. 청순하고 아름다운 로테의 마음은 평소에는 경쾌하고 아무런 거리낌도 없었는데, 지금은 답답하기만 했습니다. 행복에 이르는 길은 가로막혔으며, 가슴은 옥죄이고, 검은 구름이 눈앞을 가렸습니다.

어느덧 여섯시 반이 되었을 때, 베르테르가 계단을 올라오는 소리가 들렸습니다. 그 발소리, 자신을 찾는 그의 목소리를 곧 알아차릴 수 있었습니다. 로테의 가슴은 세차게 고동쳤습니다. 베르테르가 왔을 때 이렇게 가슴이 두근거린 것은 처음이었습니다! 만날 수 없다고 따돌리고 싶었습니다. 그래서 베르테르가 들어왔을 때, 그녀는 당황한 어조로 외쳤습니다.

"약속을 어기셨군요!"

"나는 아무 약속도 하지 않았는데요" 하고 그는 말했습니다.

"약속은 안 했어도 제 부탁을 좀 들어 주시면 어때요? 우리 두 사람의 평온을 위해 부탁드렸던 건데."

그녀는 자기가 무슨 소리를 하고 있는지, 또 무슨 짓을 하고 있는지 제대로 의식하지도 못한 채, 베르테르와 단둘이 있게 되는 상황을 피하기 위해 두어 명의 여자친구를 불러오도록 하녀를 보냈습니다. 베르테르는 갖고 온 두어 권의 책을 내려놓고서, 다른 책들은 어쨌는지 물었습니다. 로테는 친구들이 와 주었으면 싶기도 했고, 오지 말아 주었으면 싶기도 했습니다. 하녀가 돌아와서, 두 친구가 모두 사정이 있어서 오지 못한다는 전갈을 했습니다.

로테는 하녀에게 일은 옆방에 가서 하도록 이르려 하다가, 곧 또 생각이 달라졌습니다. 베르테르는 방 안을 오락가락하고 있었습니다. 로테는 피아노 앞으로 가서 미뉴에트를 치기 시작했습니다. 그러나 제대로 쳐지지 않았습니다. 그래서 그녀는 마음을 고쳐먹고 베르테르 곁에 가서 앉았습니다. 베르테르는 여느 때처럼 소파에 앉아 있었습니다.

"뭐 적당한 읽을거리가 없을까요?"

로테가 물었습니다. 베르테르는 가지고 있는 게 없었습니다.

"그 서랍 속에" 하고 그녀는 말했습니다.

"당신이 번역하신 오시안의 시가 몇 편 들어 있어요. 저는 아직 읽지 못했어요. 기회 봐서 당신이 읽어 주는 것을 듣고 싶었는데, 여태껏 기회가 없었네요. 일부러 기회를 만들 수도 없었고요."

베르테르는 미소를 지으며, 자신이 번역한 그 원고를 꺼내었습니다. 그것을 손에 들었을 때 전율이 그를 엄습했습니다. 원고를 펼치자 그의 눈에는 눈물이 그득 괴었습니다. 그는 자리에 앉아서 읽기 시작했습니다.

저물어 가는 밤하늘의 별이여, 그대 아름답게 서쪽 하늘에서 반짝이며, 빛나는 얼굴을 구름 사이로 치켜들고, 그대의 언덕을 엄숙히 걸어가고 있구나. 무엇을 보고자 이 황야를 내려다보는가? 폭풍우는 그치고, 멀리 골짜기에서 개울의 중얼거림이 들린다. 술렁이는 물결은 바위를 희롱하고, 저녁 파리떼의 날갯소리가 가득하도다. 아름다운 빛이여, 무엇을 찾는가? 그러나 미소 지으며 지나가는 그대에게 물결이 즐거운 듯 다가들어 머리카락에 감겨드는구나. 잘 있거라, 조용한 빛이여. 나타나라! 그대 오시안의 영혼의 거룩한 빛이여!

그리하여 늠름한 오시안의 빛은 나타나고, 그리운 친구들의 모습이 내 눈에 비치도다. 지난날처럼 로라 들판에 다시 모였도다. 안개기둥처럼 나타난 것은 펑갈의 모습이로다. 용사들이 그를 에워싸고, 그리고 보라! 방랑의 가인들을…… 오오, 백발이 성성한 울린! 당당한 리노! 아름다운 목소리의 알핀 그리고 조용히 탄식하는 미노나! 변해 버린 친구들이여. 젤마 산의 축제일에 봄바람이 번갈아가며 언덕의 풀을 휘어 눕히듯이, 노래를 겨루던 내 친구들이여!

아름다운 모습의 미노나가 눈물 젖은 눈을 내리뜨고 걸어오도다. 언덕을 불어 내리는 바람에 치렁치렁한 머리를 흩날리며 부르는 그녀의 애처로운 그 노랫소리, 용사들의 마음을 슬프게 하였구나. 그것은 살가르의 무덤을 본 것이 몇 번이며, 불 켜지지 않은 콜마의 집을 본 것이 몇 번인지 모르기 때문이로다. 콜마는 홀로 언덕 위에서, 돌아오마 기약한 살가르를 기다리건만, 찾아오는 건 어둠뿐이로다. 사람들이여, 들어보라, 언덕 위에서 탄식하는 콜마의 목소리를.

콜마

날이 저물었도다! 폭풍우 몰아치는 이 언덕에 나는 혼자 있노라. 산에서 산으로 바람은 윙윙거리고, 골짜기 물은 바위에 철썩이고, 비를 피할 오두막조차도 내게는 없구나.

달이여, 구름 사이로 나와 주려무나! 밤하늘의 별들이여, 반짝여 다오! 빛을 보내어 나를 인도하라, 사랑하는 이가 있는 곳으로. 사냥에 지쳐 그이는 쉬고 있으리라. 활시위를 늘어뜨리고, 숨을 헐떡이는 사냥개들에게 에워싸인 채. 그렇지만 풀 무성한 강변의 이 바위에 있겠노라고 나는 말했으니 갈 수가 없구나. 물소리 바람소리가 울려와 사랑하는 이의 목소리를 들을 수가 없구나.

뭘 하고 있나요, 나의 살가르? 약속을 잊으셨나요? 여기 바위와 나무가 있고, 강물도 분명히 흐르고 있어요. 밤이 되면 이곳으로 오겠다고 약속한 당신. 아아, 나의 살가르, 어디서 길을 잃으셨나요? 당신과 함께 달아날 작정을 했어요, 아버지도 오빠도 뿌리치고서. 우리들의 집안은 서로 오랜 원수였지만, 당신과 나는 적이 아니지요. 오오, 살가르!

잠잠해 다오, 바람이여. 잠깐만이라도 조용해 다오, 물소리여! 잠시 동안만! 그러면 내 목소리가 골짜기에 울리어 그이 귀에 들리게 되리니. 살가르, 나예요! 내가 부르고 있어요! 나무와 바위가 있는 이곳에서요! 살가르, 사랑하는 이여! 나 여기 있어요! 어찌하여 당신은 망설이고 있나요?

아아, 달이 떠올랐구나. 골짜기는 물에 잠겨 빛나고, 바위는 회색으로 우뚝 솟아 있도다. 그러나 그이 모습은 보이지 않는구나. 앞장서 달려와야 할 개들도 나타나지 않는구나. 어쩔 수 없이, 나는 이곳에 머물러야 하네.

저기 저들은 누구인가? 황야에 누워 있는 저 사람들은? 그이인가? 오빠인가? 오오, 정다운 이들이여, 말해 봐요! 대답이 없구나. 어찌 이리 마음이 불안한가! 아아, 역시 죽어 있구나! 두 사람의 칼은 피로 붉게 물들었도다! 아아,

오빠, 어찌하여 나의 살가르를 죽였나요? 아아, 살가르, 어찌하여 우리 오빠를 죽였나요? 두 분 모두 그토록 좋아했는데! 오빠는 이 언덕 위 수많은 기사들 가운데서도 특히 뛰어난 사람이었고, 살가르는 싸움터에서 용맹을 떨쳤지. 대답해 주세요! 내 목소리를 들어 주세요, 사랑하는 이들이여! 아아, 그러나 대답이 없다. 영원히 대답이 없으리라! 그들의 가슴은 흙같이 차갑도다!

우뚝 솟은 바위 위에서, 바람이 휘몰아치는 산꼭대기에서, 죽은 자의 영혼들이여, 말을 하라! 두렵지 않으니 말을 해 다오! 당신들은 어디로 쉬러 갔나요? 어느 산 어느 동굴에서 찾아야만 하나요? 바람 속에선 가냘픈 목소리조차 들리지 않고 언덕의 폭풍우에 아무런 대답도 실려오지 않는구나.

나는 비탄에 잠겨 주저앉아 눈물을 흘리며 아침을 기다린다. 무덤을 파헤치는 죽은 자의 친구들이여. 그러나 내가 갈 때까지 무덤을 덮지 말아다오. 나의 목숨도 꿈처럼 사라지리니, 살아남아서 무엇 하리. 바위를 치며 흐르는 강물가에서 나는 죽은 두 사람과 함께 살리라. 그리하여 언덕에 밤이 오고, 바람이 황야를 가로지를 때, 내 영혼을 그 바람에 실어 두 사람의 죽음을 슬퍼하리라. 사냥꾼은 그 소리에 무서워 떨고, 그러다 그 소리를 사랑하리라. 사랑하는 이들을 애도하는 내 목소리, 정답게 정답게 울릴 터이니.

미노나여, 오오, 이것이 그대의 노래였지. 가만히 볼 붉히는 토르만의 딸이여, 우리는 콜마를 위해 눈물을 흘렸고, 우리의 마음은 어둠 속을 헤매었네.

울린이 하프를 들고 나와서 알핀의 노래를 불러 주었다네. 알핀의 목소리는 다정하였고, 리노의 영혼은 불꽃같이 빛났네. 그러나 그들은 이미 무덤 속에 잠들고, 그 목소리 젤마성에 울리는 일 없으리라. 일찍이 이 용사들 살아 있을 때, 어느 날 울린은 사냥에서 돌아와, 그들이 겨루는 노랫소리 들었네. 그 노래는 다정하고도 구슬프게, 제일가는 용사 모라르의 죽음을 애도하고 있었네. 모라르의 영혼은 핑갈의 영혼과 같았고, 그의 칼은 오스카의 칼에 못지않았다. 그러나 그는 싸움터에서 쓰러졌도다. 아버지는 비탄에 잠기고, 누이동생 미노나, 그녀의 눈에 눈물이 그득해졌네. 울린이 노래하기 시작하자, 그녀는 살그머니 자리를 떴네. 서쪽 하늘에 폭풍우가 닥쳐오는 것을 본 달이, 아름다운 얼굴을 재빨리 감추듯이. 비탄의 노래에 맞추어, 나는 울린과 함께 하프를 켰도다.

리노

바람은 자고 비는 그쳤다. 구름이 흩어져 맑게 갠 이 한
낮. 무상한 태양은 도망치듯 언덕을 비추고, 강물은 붉게
물든 채 골짜기를 흘러간다. 흐르는 여울물 소리, 내 귀에
정답구나. 그러나 그보다 더 정다운 저 목소리는 뭔가! 오
오, 그것은 죽은 자를 슬퍼하여 노래하는 알핀의 목소리로
다. 그의 머리는 수그러지고, 눈물 짓는 그 눈은 붉게 충혈
됐구나. 알핀! 세상에 둘도 없는 뛰어난 가인이여! 어찌하
여 침묵의 언덕 위에 혼자 있는가? 수풀에 불어닥친 거센
바람처럼, 먼 바닷가 물결소리처럼, 어찌하여 그대는 탄식
하고 있는가?

알핀

리노여, 내 눈물은 죽은 자를 위한 것, 내 목소리는 무덤
속에 잠든 자들을 위한 것. 그대, 지금 모습도 이 언덕에서
아름다우며, 황야의 아들들 사이에서 돋보이는구나. 그러
나 그대 또한 모라르처럼 쓰러지리라. 그리하여 그대 무덤
위에는 슬퍼하는 자가 앉게 되리라. 언덕은 그대를 잊고,
그대 활은 시위도 풀린 채 홀에 놓여 있으리라.

오오, 모라르여, 그대는 영양처럼 날쌔고 밤하늘의 불같이 맹렬하였다. 그대의 노여움은 폭풍우와 같았고, 싸움터에서 그대의 칼은 황야를 가로지르는 번갯불이었다. 그대 목소리는 비온 뒤 골짜기의 냇물처럼, 그리고 먼 산의 천둥처럼 울렸다. 수많은 전사가 그대 손에 쓰러지고, 그대 분노의 불길은 적을 불살라 버렸도다. 그러나 싸움터에서 돌아왔을 때, 그토록 평온하던 그대 얼굴! 폭풍우 걷힌 뒤의 태양과도 같았고, 소리 없는 밤하늘의 달과도 같았다. 그대 가슴 속은 거친 바람이 잦아든 호수처럼 잔잔하였다.

이제 그대 처소는 좁고, 그대 머무는 곳엔 빛이 없도다! 무덤의 폭은 불과 세 발짝. 일찍이 그대 그토록 뛰어났건만! 이끼 긴 네 개의 묘석, 그것만이 그대의 유일한 기념물이로구나. 잎 떨어진 나무 한 그루, 바람에 나부끼는 무성한 풀들이 사냥꾼에게 용사 모라르의 무덤을 알려 주는구나. 그대를 위해 울어 줄 어머니도 없고, 사랑의 눈물을 흘려 줄 아가씨도 없다. 그대를 낳은 사람은 돌아가셨고, 모르글란의 딸도 죽었도다.

지팡이에 의지하여 서 있는 자는 누구인가? 그 머리는 늙어 백발이요, 그 눈은 눈물로 붉어졌구나. 오오, 모라르여! 그는 바로 그대의 아버지로다. 싸움터에서 그대의 용명을 아버지는 들어서 알고 있었다. 그대 앞에서 원수들이 흩어져 달아난 이야기도 들었다. 모라르의 공훈도 들었다.

아아, 그러나 그대가 몸에 상처를 입었다는 소식은 듣지 못하였구나! 울지어다, 모라르의 아버지여, 울지어다! 그러나 아들은 그 울음소리 듣지 못하리라. 죽은 자의 잠은 깊고 베고 누운 흙베개는 얕으니, 부르는 소리에 고개 돌리는 일 없고, 부르짖는 소리에 깨어나는 일도 없으리라. 아아, 무덤 속에 아침이 와서, 잠든 자들에게 '깨어나라!'고 외치게 될 날은 그 언제일까?

안녕, 모라르여! 숭고한 인간, 싸움터의 정복자여! 그러나 싸움터는 이제 다시는 그대를 보지 못할 것이요, 어두운 숲속이 그대 칼의 번득임에 밝혀지는 일도 없으리라. 그대는 대를 이을 자식 하나 남기지 않았으나, 노래로써 그대 이름이 전해지고, 후세 사람들은 그대를, 싸움터에서 쓰러진 모라르의 이야기를 전해 들으리라.

용사들은 소리내어 슬퍼하였노라. 그러나 아르민의 목청 터질 듯한 한숨소리가 한결 드높았노라. 이는 아들의 죽음을 생각해서였으니, 그의 아들은 일찍이 싸움터에서 전사했노라. 갈말의 이름 높은 영주 카르모르도 용사들 곁에 앉아 있었다. '아르민이여, 어찌하여 그토록 탄식하며 흐느껴 우는고?' 하고 그는 물었다. '여기에서 울 일이 뭐란 말인가? 즐거운 노랫소리가 마음을 달래 주고 있지 않은가? 그것은 포근한 안개와도 같으리라. 호수에서 피어올라 골짜기를 흐르고, 피어나는 꽃들을 이슬로 적시는 안개. 그러나 태양이 다시 힘차게 솟아오르면 안개는 자취 없이 걷히어 간다. 바다에 둘러싸인 콜마의 지배자 아르민이여, 어찌하여 그대는 비탄에 잠겨 있는가?'

비탄에 잠겨 있다고 말하는가? 옳은 말씀, 나는 탄식하고 있다. 이 비탄의 까닭은 하찮은 것이 아니다. 카르모르여, 그대는 아들도 잃지 않았고 피어나는 딸도 잃지 않았도다. 씩씩한 젊은이 콜가르도 살아 있고, 꽃다운 아가씨도 살아 있지 않은가. 그대 집안의 가지는 무성하게 뻗어 나가고 있다. 아아, 카르모르여, 그러나 이 아르민은 가문의 마지막 사람이라네. 아아, 내 딸 다우라! 네 잠자리는 어둡고, 무덤 속에 잠든 네 잠은 깊다. 잠에서 깨어나 너의 그 노래, 마음 흐뭇한 그 목소리를 들려 줄 날은 언제인가? 가을바람이여, 일어나라! 어두운 황야를 휘몰아쳐라! 숲 속의 냇물이여, 쏟아져 내려라! 폭풍우여, 떡갈나무 가지 위로 울부짖으라! 아아, 달이여, 갈라진 구름 사이를 누비며 방랑하라! 방랑하라, 방랑하며 그대 창백한 얼굴을 드러내라! 나로 하여금 상기케 하라. 내 아이들을 죽음으로 데려간 그 무서운 밤, 씩씩한 아린달이 쓰러지고, 사랑스러운 다우라가 숨을 거둔 그 밤을.

다우라, 내 딸아, 너는 푸라 언덕에 비치는 달처럼 아름답고 내려쌓인 눈처럼 희고, 봄날의 산들바람처럼 향기로웠다. 아린달, 내 아들아, 네 활은 강했고, 네 창은 날쌔었고, 네 눈은 파도 위의 서릿발과 같았으며, 네 방패는 폭풍우에 날뛰는 불구름과 같았다.

싸움터에서 용명을 떨친 아르마르가 찾아와 다우라에게 사랑을 구하였고, 다우라는 오래 거절하지 못했지. 친구들이 그들에게 건 기대는 아름다웠도다.

오드갈의 아들 에라트는 아르마르에게 원한을 품고 있었지. 아르마르가 그의 동생을 죽였기 때문이라네. 에라트는 뱃사람으로 변장하고 왔다네. 물결 위에 뜬 배는 아름다웠다. 그의 고수머리는 이미 하얗게 세고, 엄숙한 얼굴은 조용하였다. '아름답고 사랑스런 아르민의 따님이여, 저기 있는 저 바위, 그다지 멀지 않은 저 바다 가운데, 나무 열매 붉게 익어 손짓하고 있는 곳, 거기서 아르마르는 다우라가 오기를 기다리고 있다오. 소용돌이치는 바다를 건너 아르마르의 애인을 모셔 가려고 내가 온 거라오.'

다우라는 에라트를 따라가서, 아르마르를 불렀다. 대답하는 것은 바위에 부딪히는 파도소리뿐. '아르마르! 나의 임이여! 나의 임이여! 어찌하여 나를 이토록 불안하게 합니까? 대답해 주세요! 당신을 부르고 있는 것은 다우라예요!'

배신자 에라트는 웃으며 육지로 달아났네. 다우라는 목청껏 아버지를 부르고 오빠를 불렀다네. '아린달! 아르민! 다우라를 살려 줄 사람은 아무도 없나요?'

그 목소리는 바다 건너 들려오고, 내 아들 아린달은 사냥을 하다 말고 언덕을 내려왔다네. 손에 활을 들고, 옆구리에 화살을 찬 그를, 사나운 다섯 마리 검정개가 따랐다네. 뻔뻔스런 에라트는 바닷가에 있었고, 아린달은 그를 잡아 떡갈나무에 옴짝달싹 못하게 친친 동여매었다네. 에라트의 신음소리는 멀리멀리 바람을 타고 울려 퍼졌다네.

아린달은 다우라를 데려오려고 거룻배를 타고 거친 파도를 헤쳐 나갔다네. 분노한 아르마르, 바닷가로 달려와서 회색빛 깃화살을 힘차게 내쏘았다. 바람을 가르고 화살은 날아, 네 가슴에 꽂혔구나. 오오, 아린달, 내 아들아! 배신자 에라트 대신 네가 쓰러졌구나. 거룻배는 바위에 다다랐으나, 아린달은 거기서 쓰러져 죽었도다. 네 발 아래 네 오라비의 피가 흘렀구나. 어디에다 비기랴, 너의 원통함을, 아아, 내 딸 다우라!

파도는 거룻배를 부수어버렸네. 아르마르는 다우라를 살려내든지, 아니면 스스로 죽어 버릴 결심으로 바다에 뛰어들었다네. 갑자기 언덕에서 돌풍이 불고 파도는 높아졌다네. 아르마르는 불결 속에 가라앉은 재 나시는 떠오르지 않았도다.

파도가 철썩이는 바위 위에서 내 딸이 혼자서 탄식하는 목소리, 나는 듣고 있었네. 그 울부짖는 소리는 이를 데 없이 슬프게 들려왔으나, 아비는 그 딸을 구해 낼 수 없었네.

나는 밤을 지새우며 바닷가에 있었네. 어슴푸레한 달빛 속의 딸의 모습을 보며 밤새껏 그 부르짖음을 들었네. 바람은 휘몰아치고 비는 바위를 세차게 때렸네. 아침이 되기 전 딸의 목소리는 잦아들었고, 바위 위 풀숲 속에 사라지는 바람처럼, 숨결도 사라지고 말았네. 슬픔을 못 이겨 다우라는 죽고, 이 아르민 혼자만 남게 되었네. 싸움터에서 보여주었던 나의 패기를 잃어버렸고, 처녀들이 부러워하던 내 사랑은 사라졌네.

산에서 폭풍우가 휘몰아칠 때, 북풍에 바닷물이 용솟음칠 때 나는 술렁이는 바닷가에 혼자 앉아서 무서운 그 바위를 바라본다네. 기우는 달그림자 속에 나는 때때로 내 아이들의 영혼을 보네. 희미한 달빛 속을 그들은 함께 헤매다니고 있다네.

로테의 눈에서 눈물이 줄줄이 흘러 내려서 그녀의 답답한 가슴을 트이게 해 주었습니다. 그와 동시에 베르테르의 시 낭독을 중단시켰습니다. 베르테르는 원고를 내던지고 로테의 손을 잡고 쓰라린 눈물을 흘렸습니다. 로테는 다른 한 손으로 몸을 지탱하며, 손수건으로 눈을 가렸습니다. 두 사람은 엄청난 감동에 젖어 있었습니다. 숭고한 사람들의 운명 속에서 자신들의 불행을 느끼고, 서로 공감하였던 것입니다. 두 사람의 눈물은 하나로 녹아 내렸습니다. 베르테르의 눈과 입술은 로테의 팔에 닿아 뜨겁게 달아올랐습니다. 로테는 전율을 느끼며 피하려 했으나, 고통과 동정이 납처럼 무겁게 몸을 짓눌러서 그럴 수가 없었습니다. 그녀는 심호흡을 하고 마음을 가다듬은 다음, 그 뒤를 더 읽어 달라고 흐느끼면서 부탁했습니다. 그것은 듣기에도 애처롭고 가녀린 목소리였습니다. 베르테르는 몸이 떨렸습니다. 가슴이 터질 듯했습니다. 그는 원고를 주워 들고, 더듬더듬 읽었습니다.

봄바람이여, 어찌하여 나를 깨우는가? 그대 정답게 소곤거린다. 천상의 물방울로 만물을 적셔 주려 하노라고. 그러나 나는 조락의 때가 되었네. 내 잎을 불어 날릴 폭풍우가 가까이 왔다네! 일찍이 내 아름다운 모습을 보았던 그 나그네는 들판 구석구석에 눈길을 돌리며 나를 찾으리라. 그러나 그는 나를 찾아내지 못하리.

이 시가 지닌 힘이 불행한 베르테르를 짓눌렀습니다. 그는 절망의 구렁텅이에 빠진 채 로테 앞에 꿇어 앉아, 그 두 손을 자기의 눈과 이마에 갖다 대었습니다. 무서운 예감이 로테의 가슴 속을 스치고 지나갔습니다. 로테는 마음이 산란해져서 베르테르의 두 손을 꽉 잡아 자기 가슴에 갖다 대고서 슬픔을 못이기는 듯이 그에게로 몸을 구부렸습니다. 두 사람의 뜨거운 볼이 맞닿았습니다. 세상은 두 사람 속으로 사라져 버렸습니다. 베르테르는 두 팔로 그녀를 그러잡아 가슴에 꽉 껴안고, 떨리는 그녀의 입술을 뜨거운 키스로 뒤덮었습니다.

"베르테르!"

로테는 몸을 돌리며 숨가쁜 소리로 외쳤습니다.

"베르테르!"

그녀는 힘없는 손으로 그의 가슴을 자기 가슴에서 밀어 내었습니다.

"베르테르!"

그녀는 그지없이 숭고한 감정이 어린 확고한 목소리로 외쳤습니다. 그는 거역하지 않았습니다. 그녀를 팔에서 풀어 놓으며 넋 나간 듯이 그 앞에 쓰러져 엎드렸습니다. 그녀는 사랑인지 분노인지 모를 감정에 몸을 떨며 말했습니다.

"이것으로 마지막이에요, 베르테르. 이제 다시는 만나지 않겠어요."

그러고서 그녀는 이 불행한 남자에게 애정 어린 눈길을 보내며, 얼른 옆방으로 들어가서 문을 잠갔습니다. 베르테르는 그녀를 향해 두 팔을 내밀었으나, 그녀를 만류하려 하지는 않았습니다. 그는 소파에 머리를 기댄 채 마룻바닥에 누워 반시간 이상이나 그 자세로 있었는데, 인기척이 나는 바람에 정신을 차렸습니다. 하녀가 식사준비를 하려고 들어왔던 것입니다. 베르테르는 방 안을 오락가락하다가, 이윽고 다시 혼자 남게 되자 옆방 문 앞으로 다가가서 나직한 소리로 불렀습니다.

"로테! 로테! 작별인사 한 마디만 하게 해 줘요."

로테는 잠자코 있었습니다. 베르테르는 기다렸습니다. 다시 간청하고는 또 기다렸습니다. 마침내 그는 문에서 떨어지며 외쳤습니다.

"잘 있어요, 로테! 영원히 잘 있어요!"

베르테르는 걸어서 성문 앞에 다다랐습니다. 문지기들은 그와 안면이 있는 터라, 말없이 통과시켜 주었습니다. 진눈깨비가 내리고 있었습니다. 열한 시경에야 그는 집으로 돌아와서 문을 두드렸습니다. 하인은 베르테르가 모자를 쓰지 않은 것을 알아챘으나 거기에 대해서는 아무 말도 못 하고 옷을 벗겨 주었습니다. 옷은 함빡 젖어 있었습니다. 모자는 나중에 어느 바위 위에서 발견되었는데, 그곳은 골짜기가 내려다보이는 곳이었습니다. 진눈깨비가 내리는 어두운 밤에 어떻게 굴러 떨어지지도 않고 거기까지 올라갔는지 알 수 없는 노릇이었습니다.

베르테르는 침대에 드러누워 오랫동안 잤습니다. 이튿날 아침, 베르테르의 부름에 하인이 커피를 가지고 방에 들어갔을 때, 그는 뭔가를 쓰고 있었습니다. 로테 앞으로 다음과 같은 편지를 쓰고 있었던 것입니다.

마지막으로, 진정 마지막으로 나는 눈을 떴습니다. 이 눈은 아아, 이제 다시는 태양을 보지 못하리니. 흐릿하고 안개 낀 날씨라서 태양도 가려져 있습니다. 자연이여, 슬퍼하라! 그대의 아들, 그대의 친구, 그대의 사랑하는 자가 그 종말로 다가가고 있으니. 로테! 이것이 마지막 아침이다, 하고 혼자 말하는 기분은 정말 묘합니다. 어렴풋한 꿈결 같다고나 할까요? '마지막!' 로테! 나는 이 말의 의미를 알 수가 없습니다. '마지막!' 지금 나는 이렇게 힘차고 꿋꿋하게 서 있지 않습니까. 그런데도 내일이면 축 늘어져 마룻바닥에 드러누워 있을 것입니다. 죽는다! 그것은 도대체 어떤 것일까요? 죽음에 대하여 이야기할 때, 우리는 꿈을 꾸고 있는 것입니다. 나는 몇 번이나 사람이 죽는 것을 보았습니다. 그런데 인간이란 존재는 너무도 한계가 많아서인지, 자기 존재의 처음과 마지막에 대하여 아무것도 모릅니다. 지금 나는 아직 내 것이요, 또한 당신의 것, 당신의 것입니다. 아아, 사랑하는 이여! 한 순간이 지나면 떨어져 나가고 헤어지게 되고…… 아마도 영원히? ……아니, 로테, 아닙니다. 어떻게 내가 죽어 없어져 버린단 말입니까? 그렇습니다. 우리는 존재해 있는 것입니다! 죽어 없어져 버린다…… 그것은 대체 무엇을 의미하는 것일까요? 그것은 내 가슴 속에 아무런 느낌도 전해 주지 못하며, 공허하게 울리는 말에 불과합니다……. 로테, 죽으면 차가운 땅 속에 묻힙니다. 답답하고 어두운 곳에! 철없던 어린 시절, 나에게는 세상 모든 것만큼 소중한 여자친구가 있었습니다. 그 소녀가 죽었을 때 나는 영구 행렬을 따라 묘지로 가서 관을 무덤 속으로 내리는 것을 보고 있었습니다. 사람들이 관 밑에서 밧줄을 빼냈습니다. 이윽고 최초의 흙이 한 삽, 관 위에 뿌려졌습니다. 흙은 관 뚜껑에 부딪히며 둔한 소리를 내었습니다. 그 소리는 차츰 작아져 가더니, 마침내 관은 완전히 흙에 덮였습니다. 나는 그 무덤 곁에 쓰러졌습니다. 마음 속 깊이 충격을 받고 갈기갈기 찢어진 심정으로. 그러나 나는 그때 어떻게 된 것인지, 또 앞으로 어떻게 될 것인지를 전혀 알지 못했습니다. 죽는다는 것! 무덤! 이 말들의 뜻을 나는 이해할 수가 없습니다!

아아, 용서해 주십시오! 용서해 주십시오! 어제 일을! 그때가 내 인생의 마지막 순간이었더라면 좋았으련만. 아아, 나의 천사! 처음으로, 처음으로 아무런 의심도 없이 내 마음 속 깊이 환희가 불타올랐습니다. 로테는 나를 사랑하고 있다! 로테는 나를 사랑하고 있다! 지금도 내 입술 위에서 타고 있습니다, 당신의 입술에서 번져 나온 거룩한 불꽃이. 새롭고 뜨거운 환희가 내 가슴 속에 깃들었습니다. 용서해 주십시오! 용서해 주십시오!

아아, 당신이 나를 사랑하고 있다는 것을 나는 알고 있었습니다. 그 진심어린 첫 눈길에서, 첫 악수에서 나는 그것을 알았습니다. 그러나 당신과 떨어져 있을 때, 알베르트가 당신 곁에 있는 것을 보거나 하면, 또다시 열병과도 같은 의심이 일어나서 의기소침해지곤 했습니다.

그 꽃을 기억하고 있습니까? 언젠가의 그 고약한 모임에서 당신은 나에게 말을 걸지도 못하고 손을 내밀지도 못하고 꽃을 보내 주었던 그 일을. 아아, 그 꽃을 앞에 두고 나는 한밤중까지 꿇어앉아 있었습니다. 그 꽃이 나에게 사랑을 입증해 주었던 것입니다. 그러나 아아! 마음속에 새겨진 그 확신도 흐려져 갔습니다. 충만한 천상의 힘에 의해, 또 눈에 보이는 성스러운 증표에 의하여 하느님의 은총을 알고 난 뒤에도, 이윽고 그것이 신자의 마음속에서 차차 희미해져 가는 것과 비슷한 일이었습니다.

그런 것들은 모두 무상한 것입니다. 그러나 어제 당신의 입술에서 맛보고 지금 내 가슴으로 느끼고 있는 이 불타는 생명은 영겁토록 소멸되는 일이 없을 것입니다! 로테는 나를 사랑하고 있다, 이 팔은 로테를 포옹하였다, 이 입술은 로테의 입술 위에서 떨었다, 이 입은 로테의 입에 닿아 말도 나오지 않았다, 로테는 내 것이다! 그렇습니다, 로테. 당신은 내 것입니다! 영원히.

알베르트가 당신의 남편이라는 것, 그게 무슨 상관입니까? 남편! 그것은 이승에서만의 일이지 않습니까? 이승에서는 죄가 되겠지요. 내가 당신을 사랑하고 남편의 품에서 당신을 빼앗아 내 품에 안으려 하는 것은, 죄? 좋습니다. 그러므로 나는 나 자신에게 벌을 내릴 것입니다. 나는 이 죄의 성스럽기까지 한 기쁨을 마음껏 맛보았습니다. 생명의 향기와 힘을 들이마셨습니다. 그 순간부터 당신은 내 것이 되었습니다! 아아, 로테! 나는 먼저 갑니다. 나의 아버지요, 당신의 아버지인 그분에게로 가서 하소연하겠습니다. 그러면 그분은 당신이 올 때까지 나를 위로해 주시겠지요. 당신이 오면 나는 기쁘게 맞이하여, 영겁의 아버지가 계시는 앞에서 당신을 그러안고, 영원한 포옹을 계속하며 함께 있을 것입니다.

꿈을 꾸고 있는 것이 아닙니다. 환영을 그리고 있는 것도 아닙니다. 무덤이 가까워져 오니 더 한층 또렷하게 느낍니다. 우리는 결코 죽어 없어지지 않습니다. 우리는 다시 만납니다. 당신 어머니도 만나게 될 것입니다! 나는 당신 어머니를 찾아뵙겠습니다. 나는 알아볼 수 있을 것입니다. 아아, 그리고 나는 당신 어머니께 내 마음을 모조리 다 털어놓을 것입니다! 당신과 꼭 닮은 그분께……

열한 시경에 베르테르는 하인에게 알베르트가 돌아왔을까? 하고 물었습니다. 하인은 알베르트의 말이 지나가는 것을 보았다고 대답했습니다. 그러자 베르테르는 다음과 같은 내용의 봉하지 않은 쪽지를 하인에게 주었습니다.

여행을 떠나고자 하는데 권총을 좀 빌려 주지 않겠습니까? 부디 안녕히 계세요.

로테는 지난 밤 거의 잠을 자지 못했습니다. 전부터 두려워했던 일이 일어나고 말았습니다. 더욱이 뜻밖에, 전혀 생각조차 못했던 그런 형태로 일어났던 것입니다. 평소에는 맑게 흐르던 순결한 피가 열병에라도 걸린 것처럼 끓어오르고 갖가지 생각이 아름다운 마음을 어지럽혔습니다. 그녀가 가슴 깊이 느끼고 있었던 것은 베르테르와의 포옹에서 일어난 불길이었을까, 그의 무례에 대한 노여움이었을까, 아니면 지금의 자신을 전의 자신과 비교하여 느끼는 불쾌감이었을까? 전에는 그토록 아무 거리낌 없고 구김 없는 순진한 마음으로 자기 자신에 대하여 신뢰감을 가질 수 있었는데……. 남편이 돌아오면 어떻게 맞이해야 할까? 어제 그 일을 어떤 식으로 고백해야 할까? 그대로 고백해도 문제가 될 것은 없지만, 그러면서도 어쩐지 고백하기가 망설여지는 그 순간의 일을. 벌써 오랫동안 두 사람은 베르테르에 대해 이야기하는 것을 피하고 있지 않았는가. 그런 판에 내가 먼저 침묵을 깨고, 하필이면 이렇게 거북한 상황에 그가 예상조차 하지 않았을 사건을 고백해야만 할까? 베르테르가 왔었다는 말만 들어도 남편은 언짢아할 텐데, 어떻게 그런 뜻밖의 상황을 입 밖에 낼 수 있단 말인가! 또 남편이 객관적인 눈으로 아무런 편견 없이 자기 마음을 있는 그대로 이해해 줄는지도 의문이었습니다. 그렇다고 해서 남편을 속일 수도 없는 일 아닌가. 자기는 언제나 투명한 수정처럼 숨김없는 자세로 남편을 대해 오지 않았는가……. 그런 생각들이 꼬리를 물고 그녀를 괴롭히고 곤혹에 빠뜨렸습니다. 그런 생각들은 매번 베르테르에게로 이어졌습니다. 베르테르는 이미 그녀로서는 잃어버린 사람이었습니다. 그를 잃는다는 건 가슴 아픈 일이었지만 별도리가 없었습니다. 그녀를 잃으면 이 세상에 아무것도 남는 것이 없는 그였지만.

뚜렷이 자각하고 있었던 것은 아니지만, 부부 사이에 뿌리를 내린 갈등은 지금 로테의 마음을 무척이나 무겁게 짓누르고 있었습니다. 그토록 총명하고 선의적인 두 사람이 남모르는 마음의 엇갈림이 원인이 되어 서로 침묵하기 시작하고, 서로서로 자기가 옳고 상대방이 부당하다고 생각함으로써 사태는 꼬이고 악화되었습니다. 마침내 모든 것을 좌우하는 중대한 순간에 그 매듭을 푸는 일이 불가능해진 것입니다. 그렇게까지 되기 전에 두 사람이 원래 너그럽게 이해하는 마음으로 사랑과 관용을 북돋우고 속마음을 서로 열어 보였더라면, 우리의 벗은 어쩌면 구원의 여지가 있었을지도 모릅니다.

거기에 또 한 가지 특별한 상황이 있었습니다. 그의 편지를 보아도 알 수 있듯이, 베르테르는 이 세상을 버리고 싶다는 생각을 조금도 숨기지 않았습니다. 알베르트는 몇 번이나 그에 반론을 제기하였고, 로테와도 때때로 화제에 올렸습니다. 알베르트는 자살이라는 행위에 대하여 철두철미 반감을 가지고 있었으므로 평소의 그에게서는 볼 수 없는 신경질적인 태도로 자살 계획을 곧이곧대로 믿을 수 없다고 여러 차례 이야기를 했습니다. 그런 남편의 말은, 한편으로는 그녀가 마음속으로 끔찍한 광경을 상상할 때 위안이 되기도 했으나, 다른 한편으로는, 그런 태도 때문에 현실적으로 자기를 괴롭히고 있는 걱정을 남편에게 말하기를 꺼리게 되었던 것입니다.

알베르트가 돌아왔습니다. 로테는 황망하게 그를 맞이했습니다. 남편은 밝은 얼굴이 아니었습니다. 일이 완전히 처리되지 않았던 것입니다. 이웃마을의 관리라는 사람은 완고하고 소심한 사람이었습니다. 길이 나빴던 것도 그를 불쾌하게 했습니다.

별일 없었느냐고 그가 물었을 때 로테는 얼른, 간밤에 베르테르가 왔었다고 대답했습니다. 알베르트는 우편물이 온 건 없느냐고 물었습니다. 편지 한 통과 소포가 몇 개 와서 방에 놓아두었다는 말을 듣고 알베르트는 자기 방으로 들어가고, 로테는 혼자 남았습니다. 사랑하고 존경하는 남편이 돌아왔다는 사실이 그녀의 마음에 새로운 감명을 주었습니다. 남편의 관대함과 사랑, 상냥한 마음을 생각하자 마음이 한결 가벼워졌습니다. 그리고 어쩐지 남편을 뒤따라가 보고 싶은 생각

로테가 권총을 넘겨주는 장면. 다니엘 코도비키의 소묘, 1779년

이 들어, 평소에 곧잘 그랬듯이 일거리를 들고 방으로 들어갔습니다. 남편은 바삐 소포를 열기도 하고, 편지를 읽기도 하고 있었습니다. 그다지 유쾌하지 못한 사연도 섞여 있는 모양이었습니다. 로테가 두세 마디 물어 보니까, 남편은 간단하게 대답을 하고 책상에서 뭔가를 쓰기 시작했습니다.

두 사람은 이렇게 한 시간 정도 함께 있었는데, 로테의 마음은 어두워져 갔습니다. 자신의 마음속에 찜찜하게 걸려 있는 일은 설령 남편의 기분이 아주 좋을 때라 하더라도 고백하기는 지극히 어려운 일이라는 것을 느꼈습니다. 그녀는 슬픔에 잠겼습니다. 그것을 숨기고 눈물을 삼키려고 애쓰면 애쓸수록 더한층 괴로워지는 것이었습니다.

베르테르의 심부름을 온 하인이 나타났을 때 로테의 당혹감은 극도에 달했습니다. 하인은 알베르트에게 쪽지를 전했습니다. 알베르트는 침착한 태도로 아내를 보고 말했습니다.

"권총을 빌려 드려요."

그러고는 하인을 향해 말했습니다.

"여행 잘 다녀오시기를 바란다고 전하게."

이 말은 벼락처럼 로테의 가슴을 때렸습니다. 그녀는 비틀거리며 일어섰는데, 자신이 지금 뭘 하고 있는지조차도 모를 지경이었습니다. 천천히 벽 쪽으로 가서 떨리는 손으로 권총을 내려 먼지를 털고, 그러고는 망설였습니다. 만일 알베르트가 의아한 눈길로 그녀를 재촉하지 않았더라면 더 오랫동안 머뭇거렸을 것입니다. 로테는 말 한마디 하지 못한 채 그 불길한 무기를 하인에게 내주었습니다. 하인이 돌아가자 로테는 일거리를 챙겨 가지고 형언할 수 없는 불안한 마음으로 자기 방으로 돌아왔습니다. 그녀의 마음은 일어날 수 있는 모든 끔찍한 사태를 생각하며 불안감에 사로잡혔습니다. 그녀는 남편의 발아래 엎드려 어젯밤에 일어났던 일과 지금 자신이 예감하고 있는 것을 다 고백해 버릴까 생각했습니다. 그러나 그렇게 해 봤자 그 결과가 원하는 대로 되지는 않으리라는 생각이 들었습니다. 남편을 설득하여 베르테르를 찾아가도록 한다는 것은 도저히 가망이 없는 일이었습니다. 그러는 사이에 식사준비가 되었습니다. 그때 마침 로테의 허물 없는 친구가 물어 볼 것이 있다면서 찾아왔습니다. 그녀는 곧 돌아가려 했으나 다시 눌러앉아 같이 식탁에 어울리게 되었습니다. 그 친구 덕분에 분위기가 한결 부드러워졌습니다. 식사를 하는 동안에 로테는 애써 이리저리 화제를 돌리면서 불안감을 잊으려고 했습니다.

하인이 권총을 가지고 돌아와 로테가 내주더라는 말을 하자, 베르테르는 무척이나 기뻐하며 그 권총을 받았습니다. 그는 빵과 포도주를 가져다달라고 한 다음 하인에게도 식사를 하라고 이르고서는 책상 앞에 앉아서 편지를 쓰기 시작했습니다.

권총은 당신의 손을 거쳐서 내게로 왔습니다. 먼지를 털어 주셨다고요? 나는 천 번도 더 권총에 키스를 했습니다. 당신의 손이 닿았던 것이니까요. 하늘의 정령인 당신이 나의 결심을 격려해 줍니다! 당신의 손에서 죽음을 받고 싶었는데, 아아! 지금 그것을 받은 것입니다. 그렇습니다. 나는 하인에게 꼬치꼬치 물었답니다. 권총을 내주면서 당신은 떨고 있었다구요. 작별인사는 하지 않으셨다는데, 유감스럽습니다! 나에게 마음의 문을 닫아버리셨습니까? 나를 영원히 당신과 결합시킨 그 순간 때문에 그러셨나요? 로테, 설령 천 년의 세월이 흘러도 그 순간의 감명은 지워지지 않을 것입니다. 그리고 나는 알고 있습니다. 당신으로 인하여 이토록 마음을 불태우고 있는 사람을 당신이 미워할 리 없다는 것을.

식사를 마친 뒤 베르테르는 하인을 불러서 짐을 전부 꾸리라고 이르고 많은 서류를 찢어 버렸습니다. 그 다음엔 밖으로 나가서 자질구레하게 남은 빚들을 완전히 청산했습니다. 그리고 일단 집으로 돌아왔다가 다시 밖으로 나갔습니다. 비가 내리고 있는데도 불구하고 그는 교외에 있는 M백작의 정원과 그 부근을 서성거리다가, 어둑어둑해질 무렵에야 돌아와 다시 다음과 같은 편지를 썼습니다.

빌헬름, 마지막으로 들과 숲과 하늘을 보고 왔네. 그럼 자네도 잘 있게나! 어머니, 용서해 주십시오! 빌헬름, 어머니를 위로해 드리게. 모두에게 하느님의 축복이 있기를! 내 짐은 전부 정리해 놓았네. 그럼 잘 있게나! 또 만나세, 그때는 좀 더 기쁜 얼굴로 만나게 될 걸세.

알베르트, 그대에게는 호의를 악으로 갚았군요. 나를 용서해 주기 바랍니다. 나는 당신 가정의 평화를 깨뜨리고, 당신들 두 분 사이에 의혹의 씨를 뿌렸습니다. 안녕히 계십시오! 나는 결말을 지으려 합니다. 내가 죽음으로써 부디 당신들 두 분이 행복해지기를 바랍니다! 알베르트, 천사와 같은 그분을 행복하게 해 주십시오. 하느님의 축복이 그대와 함께 하기를!

그는 밤새도록 원고들을 뒤적거리며 그 중 많은 것을 찢어서 난로 속에 던져 넣고 몇 뭉치의 원고는 포장을 해서 겉봉에 빌헬름의 주소를 썼습니다. 그것은 짧은 수필과 단편적인 감상문이었습니다. 그 가운데 몇 편은 나중에 이 책의 편찬자인 나도 읽었습니다. 열 시에 그는 난로에 땔감을 더 넣게 하고, 포도주를 한 병 가져오게 한 다음, 하인더러 그만 자라고 일렀습니다. 하인의 방은 문지기의 방과 마찬가지로 훨씬 안쪽에 있었습니다. 하인은 다음날 새벽 일찍 일어나기 위해

옷을 입은 채로 잠자리에 들었습니다. 베르테르가 여섯 시 전에 역마차가 집 앞에 올 것이라고 했기 때문입니다.

열한 시 지나서

내 주위가 온통 적막 속에 잠기고 내 영혼도 그렇게 평온합니다. 하느님, 이 최후의 순간에 이런 따스함과 힘을 저에게 주신 것에 감사드립니다.

나의 가장 사랑스러운 그대여, 나는 창가로 가서 바깥을 내다봅니다. 바람에 몰려가는 구름 사이에, 아직도 영원한 하늘에 빛나는 별이 몇 개 보이네요! 그렇지, 너희들은 결코 추락하는 일이 없으리라. 영원한 존재자가 너희들을 가슴에 안고 있으니까. 그리고 이제는 나를 그렇게 품어주시겠지. 별들 가운데서도 내가 가장 좋아하는 큰곰자리, 그 성좌의 별들이 보입니다. 밤에 당신과 헤어져서 문을 나서면, 이 성좌가 언제나 맞은편 하늘에 걸려 있었습니다. 나는 그지없이 황홀한 심정으로 이 별들을 바라보곤 했습니다. 두 손을 뻗어 별을 가리키며, 그때의 내 행복의 상징으로 삼고, 성스러운 표지로 삼았었죠. 그리고 지금도……아아, 로테, 어느 것 하나 당신을 생각나게 하지 않는 것이 없습니다! 당신은 나를 둘러싸고 있습니다. 나는 마치 어린애처럼, 성스러운 당신의 손이 닿았던 것이면 아무리 하찮은 것일지라도 닥치는 대로 수집해 왔으니까요.

사랑스러운 당신의 실루엣! 이것을 당신에게 드립니다. 로테, 부디 소중히 간직해 주십시오. 몇천 번이나 나는 여기에 키스를 했습니다. 외출할 때나 집으로 돌아올 때면 몇천 번이나 인사를 했지요.

나는 당신 아버지께, 나의 유해를 거두어 주십사고 편지로 부탁을 드렸습니다. 묘지의 안쪽, 밭 맞은편 구석에 보리수가 두 그루 있습니다. 나는 그곳에 묻히고 싶습니다. 당신 아버지께서는 친구를 위해 그렇게 해 주실 것입니다. 아무쪼록 당신도 그렇게 부탁해 주십시오. 그렇지만 경건한 기독교인들은 이 불행한 사내와 한 장소에 묻히기를 싫어할 것이고, 나도 억지로 그렇게 해 달라고 요구할 생각은 없습니다. 그렇습니다, 길옆이나 호젓한 골짜기의 어느 구석에 묻어 주셔도 좋습니다. 성직자나 레위 사람들이 성호를 그으며 그 무덤 앞을 지나가고, 사마리아 사람들이 한 방울의 눈물을 흘릴 수 있도록 말입니다.

자, 로테! 나는 차갑고 끔찍한 술잔을 손에 들고 죽음의 도취를 들이키는 게 두렵지 않습니다. 당신이 내게 준 술잔입니다. 주저하지 않습니다. 이것으로 내 생애의 모든 소망이 다 이루어지는 것입니다. 이토록 냉정하게, 이토록 두려움 없이 죽음의 철문을 두드릴 것입니다!

로테, 나는 될 수만 있다면 당신을 위해 목숨을 버리고, 당신을 위해 이 몸을 바치는 행복을 누리고 싶었습니다! 당신의 생활에 평화와 환희를 되찾게 할 수만 있다면, 나는 용감하고, 기쁘게 죽으려 했습니다. 그러나 아아, 가까운 사람들을 위해 피를 흘리고, 그 죽음으로써 친구들의 마음 속에 새로운 수백 배의 생명의 불길을 타오르게 한다는 것은 극소수의 숭고한 사람들만이 할 수 있는 일이었습니다.

나는 입고 있는 옷 이대로 묻히고 싶습니다. 로테, 당신의 손길이 닿아 성스러워진 옷입니다. 이것은 당신 아버지께도 부탁을 드렸습니다. 나의 영혼은 관 위를 떠돌 것입니다. 내 호주머니는 뒤지지 않게 해 주십시오. 이 분홍색 리본은 우리가 처음 만났을 때 당신이 가슴에 달고 있었던 것입니다. 그때 당신은 아이들에게 둘러싸여 있었지요. 아아, 아이들에게 키스를 많이많이 해 주십시오. 그리고 이 불행한 친구의 운명을 이야기해 주십시오. 귀여운 아이들! 언제나 나에게 모여들곤 했었지요. 아아, 나는 어쩌면 이토록 당신과 밀착되어 있었을까요! 처음 그 순간부터 나는 당신에게서 떨어질 수 없었습니다. 이 리본도 함께 묻어 주십시오. 내 생일에 당신이 선물로 준 것입니다. 그런 물건들을 나는 얼마나 탐냈는지 모릅니다! 아아, 나의 길이 여기에 이를 거라고는 생각조차 하지 않았습니다. 마음을 가라앉히십시오! 부디 진정하십시오!

베르테르가 자살하는 장면, 작자미상의 수채화, 1780년 이전

탄환은 이미 장전해 놓았습니다. 시계가 열두 시를 칩니다. 그럼 로테, 잘 있어요! 잘 있어요!

이웃사람 하나가 화약의 섬광을 보고 총소리를 들었습니다. 허나 그리고는 아무 소리도 들리지 않아서 더 이상 신경 쓰지 않았습니다.

새벽 여섯 시에 하인이 등불을 들고 방 안에 들어섰을 때, 주인은 피투성이가 되어 쓰러져 있었습니다. 그 옆에는 권총이 뒹굴고 있었습니다. 소스라쳐 놀란 하인은 주인을 안으며 소리쳤으나, 대답은 없고 목구멍에서 골골거리는 소리가 희미하게 들릴 뿐이었습니다. 하인은 의사에게, 그리고 알베르트에게로 달려갔습니다. 로테는 초인종 소리에 전율했습니다. 남편을 불러 깨우고, 두 사람은 일어나 나왔습니다. 하인은 소리 내어 울면서 사건의 내용을 전했습니다. 로테는 실신하여 알베르트 앞에 쓰러졌습니다.

의사가 베르테르에게 갔을 때 그는 어떤 조치도 받지 못한 채 바닥에 쓰러져 있었는데, 살아날 가망성은 없었습니다. 맥박은 뛰고 있었지만 사지는 완전히 마비되어 있었습니다. 오른쪽 눈 위에서 머리를 쏘았는데 뇌수가 터져 나와 있었습니다. 소용없는 일인 줄 알면서도 팔의 정맥을 째서 피가 흘러나오게 했습니다. 아직도 숨은 붙어 있었습니다.

의자의 팔걸이에도 피가 묻어 있는 것으로 미루어, 베르테르는 책상 앞에 앉은 채 방아쇠를 당긴 것 같았습니다. 그런 다음 마룻바닥으로 굴러 떨어져, 의자 주위에서 몸부림쳤던 모양입니다. 발견되었을 때는, 힘이 다하여 창문 쪽으로 머리를 두고 누워 있었습니다. 장화를 신고 있었으며, 푸른 연미복에 노란 조끼 차림이었습니다.

그 집안과 옆집, 그리고 온 시내가 떠들썩해졌습니다. 알베르트가 왔습니다. 베르테르는 침대에 뉘어져 있었는데, 머리에 붕대를 감고 있었습니다. 얼굴은 벌써 죽은 사람이나 다름없었고 팔다리는 전혀 움직이지 않았습니다. 폐에서는 아직 거친 숨소리가 났습니다. 모두 그의 임종을 기다리고 있었습니다.

포도주는 한 잔 정도밖에 마시지 않은 모양으로 병째 놓여 있었습니다. 책상 위에는 『에밀리아 갈로티(독일의 작가 고트홀트 에프라임 레싱(1729~1781)이 쓴 비극. 작품 속 주인공 에밀리아는 공작의 정부가 되지 않기 위해 자살을 선택한다: 역주)』가 펼쳐진 채 놓여 있었습니다.

알베르트가 얼마나 당황했는지 로테가 얼마나 비통해했는지 언급하지 않음을 양해해 주시기 바랍니다.

노법무관이 소식을 듣고, 말을 타고 달려왔습니다. 그는 뜨거운 눈물을 흘리며 죽음을 눈앞에 둔 베르테르에게 입을 맞추었습니다. 법무관의 아이들도 얼마 뒤에 걸어서 왔는데, 참을 수 없이 슬픈 얼굴로 침대 주위에 꿇어앉아 베르테르의 손과 입에 키스를 했습니다. 사랑을 가장 많이 받았던 맏아이는 베르테르가 숨을 거둔 뒤 사람들이 억지로 떼어낼 때까지 그의 입술에서 떨어지지 않았습니다. 낮 열두 시에 베르테르는 숨을 거두었습니다. 법무관이 그곳에 있으면서 여러 가지로 조치를 취했으므로 소동은 가라앉았습니다. 밤 열한 시경 베르테르는 법무관의 주선으로 원했던 곳에 묻혔습니다. 법무관과 그의 아이들은 관을 따라갔습니다. 알베르트는 갈 수가 없었습니다. 로테의 생명이 염려스러웠기 때문입니다. 일꾼들이 관을 메고 갔습니다. 성직자는 한 사람도 동행하지 않았습니다.

젊은 베르테르의 열정과 슬픔

　이제 겨우 20대의 청년이었던 괴테(Johann Wolfgang von Goethe, 1749~1832)를 하루아침에 일약 당대 유럽 최고의 베스트셀러 작가의 반열에 올려놓은 『젊은 베르테르의 슬픔』은 극단적이고 열정적인 주관성의 쉼 없는 표출을 특징으로 하여 〈질풍노도의 시대〉라고 번역되는 독일 문학사의 짧지만 매우 인상적인 한 시대를 특징지우는 문화적 표상이 되었다. 작금의 유럽연합의 금융 중심지인 프랑크푸르트(Frankfurt am Main)의 도시귀족 가문에서 태어난 괴테는 라이프치히와 스트라스부르크 대학에서 법학을 공부하고 1772년 5월부터 9월 사이에, 프랑크푸르트에서 북쪽으로 60킬로 정도 떨어진 베츨라(Wetzlar)에서 당시 제국최고재판소(Reichskammergericht)에서 요즘말로 하자면 인턴쉽을 하는 도중 알게 된 한 여인에 대한 이루지 못한 사랑의 이야기가 『젊은 베르테르의 슬

프랑크푸르트에 있는 괴테의 생가

품』의 모티브가 되었다.

　예나 지금이나 프랑크푸르트는 교통의 요지이고 상업과 금융의 중심지였으며 유럽 역사에서 주요한 사건들의 현장이었다 할 수 있는데, 지금도 중앙역에서 그리 멀지 않은 곳에 있는 괴테의 생가는 전쟁의 상흔을 극복하고 잘 복원되어 전세계에서 찾아오는 관광객들에게 많은 에피소드를 제공하고 있다.『젊은 베르테르의 슬픔』의 이야기가 잉태된 베츨라는 인구가 겨우 5만 명 남짓의 작은 소도시이지만 우리가 잘 아는 라이카(Leica) 카메라와 짜이스(Zeiss) 렌즈 그리고 미녹스(Minox)의 도시로도 유명하다. 딜 강과 란 강 사이의 구릉지에 놓여 있는 이 작은 도시에는 예의 신성로마제국 최고재판소가 1689년부터 신성로마제국이 해체된 1806년까지 있었던 곳이기에 이제 막 대학에서 법학 공부를 마친 괴테가 연수를 받으러 잠시 머물렀던 것이다.

　짧은 기간이지만 베츨라에서 괴테는 케스트너(Johann Christian Kestner)라는 친구를 알게 되고 그의 신부인 샤로테(Charlotte Buff, 1753~1828)에 대한 이루어질 수 없는 사랑을 갈구한다. 돌연히 프랑크푸르트로 귀환한 이후 괴테는 자신의 또 다른 친구인 예루살렘(Carl Wilhelm Jerusalem)이 케스트너에게서 빌린 권총으로 자살을 했다는 소식을 전해 듣는다. 푸른 연미복과 노란 조끼를 입은 채 말이다. 이러한 경험과 작가의 분출하는 열정은 1774년 단 몇 주간의 작업 끝에『젊은 베르테르의 슬픔(Die Leiden des jungen Werthers)』을 세상에 내놓게 만들었다. 작금의 여러 선배 재현들의 다양한 의견 개진에서 잘 드러나 있듯이 『젊은 베르테르의 슬픔』의 올바른 한글 제목을 둘러싼 논의는 여전히 종결된 것 같지 않다. 우선 독일어의 원뜻은 '슬픔'이라기보다는 '고뇌' 혹은 '고통'에 더 치우치는 느낌을 주고 있으며, 주인공의 이름 역시 베르테르보다는 베르터가 더 가깝게 들리고 있음은 부인하기 어렵다. 그럼에도 여전히 '젊은 베르테르의 슬픔'이라는 제목에 천착하는 이유는 다음에 기회가 닿는 대로 설명할 계기가 있을 것이라 본다. 이는 다만 우리네 문화 풍토에 자리매김한 이입문화의 순

당대의 그림으로 본 괴테와 로테. 1900년경 엽서.
게오르그 오스발트 마이가 그린 괴테 초상화와 슈뢰더의 샤로테 초상화.

기능을 이야기함만이 아니라는 점은 밝혀 둔다.

'베르테르'의 이야기는 1771년 5월 4일에서 다음해 12월 23~24일에 걸쳐 진행된다. 베르테르를 유럽계몽주의의 적자로 보아 새로운 인간상의 전형으로 여기는 측면도 있겠지만, 베르테르의 이야기에서는 여전히 성경의 모티브가 도처에서 보인다. 성탄절이 다가올수록 죽음을 향해 달려가는 베르테르의 마음은 예수의 탄생을 기다리는 뭇사람들의 마음과는 정반대이지만, 베르테르의 죽음을 통해서 하루아침에 폭발한 괴테의 인기만큼이나, 죽음은 부활을 잉태하는 듯하다. 로테에게 쓴 마지막 편지에 베르테르는 다음과 같이 자신의 죽음이 지닌 의미를 설파한다.

로테, 나는 될 수만 있다면 당신을 위해 목숨을 버리고, 당신을 위해 이 몸을 바치는 행복을 누리고 싶었습니다! 당신의 생활에 평화와 환희를 되찾게 할 수만 있다면, 나는 용감하고 기쁘게 죽으려 했습니다.

크리스마스이브에 죽어야 하는 베르테르의 운명에는 자신을 저버린 사랑에 대한 극단적인 보복이 아니라 죽음을 통한 사랑의 보존이라는 열정/수난의 형이상학이 근저에 기초한다 할 것이다.

끝으로 여기에서는 함부르크 판본의 괴테전집을 주로 저

본으로 택하였으며, 출간을 결정해 주신 인디북 출판사에 감사의 마음을 전한다. 그리고 무엇보다도 여러 모로 고전 번역에 대한 선배 재현들의 고견에 많이 빚졌다고 할 수 있을 것이다.

2017년 3월

김 영 룡

1749년   8월 28일 프랑크푸르트 암 마인에서 태어났다. 아
　　　　버지는 황실 고문관이었던 요한 카스파르 괴테
　　　　(1710-1782)이고 어머니는 프랑크푸르트 시장의
　　　　딸이었던 카타리나 엘리자베트(1731-1808)였다.

1757년   조부모에게 신년시를 써서 보냈다.

1759년   7년 전쟁으로 프랑스군이 프랑크푸르트를 점령하였
　　　　다. 프랑스 민정장관이 괴테의 집에 머무르게 되면서
　　　　소년 괴테는 프랑스 문화에 관심을 갖게 되었다.

1765년   10월에 라이프치히 대학에 입학하여 법률을 전공
　　　　하였다. 베리쉬, 슈토크, 외저 등의 예술가들과 사
　　　　귀며 문학과 미술 공부를 하였다.

1767년   첫 희곡 『인의 변덕 Die Laune des Verliebten』을 썼다.

1768년   7월 각혈을 동반한 폐결핵에 걸려 학업을 중단하
　　　　고 고향으로 돌아왔다.

1769년 희곡『공범자들Die Mitschuldigen』을 썼다.

1770년 슈트라스부르크 대학에 입학하여 법학 공부를 계속하였다.

1771년 프랑크푸르트에서 변호사를 개업하였다.

1772년 베츨라의 고등법원에서 견습 생활을 했다. 그곳에서 약혼자가 있는 샤로테 부프를 사랑하게 된다. 이때의 못 이룬 사랑은『젊은 베르테르의 슬픔Die Leiden des Jungen Werthers』의 소재가 되었다.

1773년 『괴츠 폰 베를리힝겐Götz von Berlichingen』을 출간하고『파우스트Faust』의 집필을 시작하였다. 시 〈마호메트Mahomet〉, 〈프로메테우스Prometheus〉를 쓰고, 오페레타『에르빈과 엘미레Erwin und Elmire』의 집필을 시작하였다.

1774년 소설『젊은 베르테르의 슬픔』을 완성하였다. 『괴츠』가 베를린에서 초연되고 희곡『클라비고 Clavigo』를 썼다.

1775년 은행가의 딸 릴리 쇠네만과 약혼하였으나 반년 후에 파혼하였다. 희곡『스텔라Stella』를 썼다. 칼 아우구스트Karl August공의 초청을 받고 바이마르를 방문하였다. 이듬해 바이마르에 정주하게 되고, 이곳에서 그의 일생에 지대한 영향을 끼친 샤로테 폰 슈타인 부인과 만났다. 또한 재상이 되어 국정에 참여하였으며 지질학, 광물학 등 자연과학 연구에도 몰두하였다.

1779년 『이피게니에Iphigenie』를 완성하였다.

1780년 희곡 『타소Tasso』를 구상하였다. 파우스트의 원고를 아구스트 공 앞에서 낭독하였다. 이 원고를 궁정여관 루이제 폰 괴흐하우젠이 필사해서 훗날 『초고 파우스트Urfaust』의 출간이 가능해졌다.

1786년 이탈리아 여행을 하였다. 『이피게니에』를 운문 형식으로 개작하였다.

1787년 희곡 『에그몬트Egmont』를 완성하였다.

1788년 평민 집안 출신의 크리스티아네 불피우스를 만나 동거를 시작하였다.

1789년 크리스티아네와의 사이에 아들 아우구스트가 태어났다.

1790년 괴셴판 괴테 전집에 『파우스트 단편Faust, ein Fragment』을 수록하였다. 색채론과 비교해부학 연구에 몰두하였다.

1792년 프랑스 혁명의 영향으로 아우구스트 대공을 따라 프러시아군에 소속되어 종군하였다.

1793년 연합군의 일원으로 활약하다가 8월에 귀환하였다. 그 체험으로 희곡 『흥분된 사람들Die Aufgeregten』을 썼다.

1794년 『빌헬름 마이스터의 수업시대』의 개작을 시작하였다. 실러가 기획한 《호렌Horen》지 제작을 도우면서 그와 친해졌다. 그와의 우정은 1805년 실러가 죽을 때까지 계속되었는데 그에게서 용기를 얻어 많은 작품을 완성하게 된다.

1795년 『독일 피난민의 대화Unterhaltungen deutscher Ausgewanderten』를 출간하였다.

1796년 『빌헬름 마이스터의 수업시대Wilhelm Meisters Lehrjahre』를 완성하였다.

1797년 서사시 『헤르만과 도로테아Hermann und Dorothea』를 집필하였다.

1799년 희곡 『사생아 Die natürliche Tochter』의 집필을 시작하였다.

1806년 크리스티아네와 정식으로 결혼식을 올렸다.

1808년 파우스트 1부가 출간되었다. 소설 『친화력 Wahlverwandtschaften』의 집필을 시작하였다.

1810년 『색채론Zur Farbenlehre』을 완성하였다.

1811년 자전적인 기록 『시와 진실Dichtung und Wahrheit』 1부를 완성하였다.

1812년 『에그몬트』가 초연되었고, 『시와 진실』 2부를 집필하였다.

1813년 『시와 진실』 3부를 완성하고 『이탈리아 기행

Italienische Reise』의 집필을 시작하였다.

1814년   하피스의 시집『디반Divan』을 읽고 자극 받아『서
동시집West-östlicher』을 집필하기 시작했다.

1816년   아내가 사망하였다.『이탈리아 기행』1부를 완성
하고 2부 집필을 시작하였다.

1819년   『서동시집』을 출판하였다.

1821년   『빌헬름 마이스터의 편력시대Wilhelm Meisters
Wanderjahre』를 출간하였다.

1823년   에커만(J. P. Eckermann)이 찾아와 조수가 되었다.
훗날 그는『만년의 괴테와의 대화Gespräche mit
Goethe in den letzten Jahren seines Lebens』를 출간하
였다.

1829년   『이탈리아 기행』전편이 완결되었다.

1830년   아들 아우구스트가 사망하였다.

1831년   『시와 진실』4부,『파우스트』2부를 완성하였다.

1832년   3월 22일 세상을 떠났다.

김영룡

서울대 독문과 및 독일마르부르트 대학, FU 베를린 수학(Ph.D.). 문예학 및 매체미학 전공.
에세이스트.
저서 :『삶의 시화와 문학의 탈신화』,『사이렌의 침묵』,『펠릭스 쿨파』 등

젊은 베르테르의 슬픔

초판 1쇄 인쇄 | 2017. 4. 3
초판 1쇄 발행 | 2017. 4. 7

글쓴이 | 요한 볼프강 폰 괴테
옮긴이 | 김영룡
본문디자인 | 손지원
펴낸이 | 박옥희
펴낸곳 | 도서출판 인디북

등록일자 | 2000. 6. 22
등록번호 | 제 10-1993호
주소 | 서울시 마포구 마포대로 11나길 6
전화번호 | 02) 3273-6895
팩스번호 | 02) 3273-6897
e-mail | indebook@hanmail.net

ISBN 978-89-5856-146-0 03850

「이 도서의 국립중앙도서관 출판예정도서목록(CIP)은 서지정보유통지원시스템 홈페이지
(http://seoji.nl.go.kr)와 국가자료공동목록시스템(http://www.nl.go.kr/kolisnet)에서 이용
하실 수 있습니다.(CIP제어번호: CIP2016029257)」